边角料书系

书似
故人来

聂震宁人文随笔

SHU SI
GU REN LAI

上

聂震宁 著

团结出版社

·北京·

© 团结出版社，2025 年

图书在版编目（ＣＩＰ）数据

书似故人来：聂震宁人文随笔 . 上 / 聂震宁著 .
北京：团结出版社，2025.4. -- ISBN 978-7-5234
-1630-3

Ⅰ . I267.1

中国国家版本馆 CIP 数据核字第 2025J9P692 号

特约策划：舒晋瑜
责任编辑：张振胜　时晓莉
封面设计：阳洪燕

出　　版：团结出版社
　　　　　（北京市东城区东皇城根南街 84 号　邮编：100006）
电　　话：（010）65228880　65244790（出版社）
　　　　　（010）65238766　85113874　65133603（发行部）
　　　　　（010）65133603（邮购）
网　　址：http://www.tjpress.com
电子邮箱：zb65244790@vip.163.com
经　　销：全国新华书店
印　　装：三河市东方印刷有限公司

开　　本：130mm×210mm　32 开
印　　张：14.875　　　　　　　字　数：282 千字
版　　次：2025 年 4 月 第 1 版　印　次：2025 年 4 月 第 1 次印刷

书　　号：978-7-5234-1630-3
定　　价：78.00 元（上下册）
　　　　　（版权所属，盗版必究）

写在前面的话

　　书名《书似故人来》，实在是因为这些为书刊而写下的文字，让我时隔数年乃至数十年重新拾起，想起当时阅读这些书刊的情景，依然觉得亲切，值得自珍。看到这些往昔时光写下的篇章，不由得想起明代诗人、著名民族英雄于谦《观书》一诗开头的名句："书卷多情似故人，晨昏忧乐每相亲。"此刻将当年在观书之后写下的序跋集合起来，猛然惊觉"书似故人来"。也许有的故人已经远在天边，有的故人已经告别人世，重读它们，愈发让我觉得"书卷多情似故人"。

　　《书似故人来：聂震宁人文随笔》分为上下两册。上册收入1984—2014年间本人撰写的序跋作品。这些选文我分别归类为"为丛书作序""为作者作序""为报刊作序"和"为自己作序"。各类中篇目基本上按照发表时间先后排序。

　　为自己作序，是本人的习惯，为的是这样就无需启齿求人为自己不像样子的一些小书出版费思量、作评价、说好话，也算是"求人不如求己"吧。1984年3月我编选自己第一本小说集《去温泉之路》时就撰写了第一篇自序《集前书简》。自那至今，四十年来，只有 1998 年广西师范大学出版社出版我的《长乐》，由我请求老作家李国文老师为这部小说集作了序言。国文老师对我爱护备至，一夜之间就把序言写了传真过来，令我震撼。国文老师的序言题为《文学是条不归路》。从此这句话就成了对我的一个召唤。当时我做出版正是热火朝天的节骨眼上，老人家就开始召唤我最终要回归文学创作。直到 2023 年 4 月，人民文学出版社出版我的长篇小说《书生行》，文学界一些朋友这才认为我最终回到了文学这条不归路来，可也毕竟是二十多年后了。然而，令我十分难过的是，半年前，我敬爱的国文老师已经告别人世。我永远怀念他！

为作者作序，是文学编辑常常遇到的差事。从业数十年，为一些作者的新著作序是我推也推不掉的人情。不过，此次编选本书，我还是做了一番挑选，写得缺乏力度、缺乏内涵的一些序言暂时舍弃了。然而，1985 年 12 月应邀为陈肖人先生中篇小说集《命祭》写的一篇序言《忧患者的心迹》，虽然篇幅过长，我依然选了进来。肖人兄是著名的编辑家、作家，也在疫情期间告别人世。他曾经告诉我，我为他《命祭》作的序言，他感动得淌下了眼泪。他是我的好同事、好兄长。现在重读那篇序言，故人永在啊！

为报刊作序，则是从 1986 年一年为新创刊的《漓江》文学季刊写了四篇刊首语开始。说来好笑。新创刊的《漓江》

大型文学季刊一期就有近 40 万字，我和编辑们很用心地做了精心的编辑工作。可是，年末的一天，我们的一位资深编辑路遇她的一位文友，文友说你们的《漓江》文学我最喜欢每一期的刊首语，编辑们听了也都莞尔一笑。而我，从那以后为报刊撰写刊首语竟然有了信心。

为丛书作序，一般来说是出版社负责人要做的事情。1990 年我在漓江出版社副总编辑的任上，带领编辑团队组稿、编辑、制作、推广大型知识丛书《文科知识百万个为什么》，书成之后，丛书的前言就由我执笔完成。自那之后，凡丛书是我在领导岗位上领衔完成的，序言一般都由自己撰写。再后来，别的出版社出版丛书，特请我作总序也是不时会发生的事情。

近三十年下来，到 2013 年，生活·读书·新知三联书店出版我的第一本序跋集《出版者说》，我发现竟然有 20 多万字，我怀疑一般读者是没有耐心读完它的。这次团结出版社要编选出版《书似故人来：聂震宁人文随笔》(上、下)，编辑建议每本书不要超过 10 万字，我很赞成。现代生活节奏那么快，这些放在书籍正文前后的序跋搞得太多太长实在是耽误大家的时间。

目　录

辑一　为丛书作序

辑二　为作者作序

辑三　为报刊作序

辑四　为自己作序跋

辑一 为丛书作序

致读者

——《文科知识百万个为什么》前言

以趣味性知识导引青少年的求知欲望，以广博的知识拓展青少年的求知视野，并以此配合中小学文科课程的教学，弥补青少年读物"理盛文衰"的缺陷——这是我们编撰、出版这套《文科知识百万个为什么》的宗旨。

选材力求新颖丰富，设问务必通俗有趣，知识注意深浅适度，语言尽量生动活泼——这是我们编撰者和出版者的共同主张。

冠之以"文科知识"，目的是区别于理科读物，当然不能说是一种严格的科学划分。有些学科（如心理学、军事、体育、生活知识等）既包含文科知识，又有许多理科知识，那么，介绍其中的文科知识则是我们的主要任务。而在文科知识中，有些问题可以同属几个门类，我们则以其主要的归属和通常的划分方式将它们划归其中一类。这是我们基于客观需要大致确定的编撰体例。

　　本套丛书 22 种 26 册，号称"百万个为什么"。从确定选题到编撰成稿，只有不到 5 个月的白天黑夜；从开始筹划到成书上市，也只有 10 个月的短暂光阴。我们深切感谢众多学者、专家、作家、艺术家的通力合作，他们以满腔热情为文科知识的普及倾注了大量的心血。我们同样也要感谢印刷厂和新华书店的大力协作，他们为这套丛书的印制和发行付出了辛勤的劳动。

　　最后，还要感谢广大读者，你们强烈的求知欲望和殷切期待，给予我们以信心和力量。愿大家能喜爱上这套丛书。望所有喜爱和关心这套丛书的朋友提出宝贵意见。

　　　　　《文科知识百万个为什么》（冰心总主编），

　　　　　　　　　　漓江出版社 1990 年 12 月出版。

重倡中国传统评点方法

——《古典文学名著评点系列》总序

　　评点，是我国古代文学批评中一种特有的方法。这种在作家的作品中配以批评家简短批评的方法，最早使用者当为唐代丹阳进士殷。此人生卒、字号不详，他编选的一部唐代诗集《河岳英灵集》颇受重视，影响久远，诗集中对入选各家诗歌均配有简括精辟的评点。虽然，该书的评点与后来成风于明代的评点存在着一定的区别，前者大体属于对诗人创作艺术风格的鉴赏，后者则着力于对文学作品具体的阐释批评，但是，《河岳英灵集》这种作品配评点的体例实属创举，为后来诸多评点本、诗文集的滥觞。作为一种成熟的批评方法，即把总批、眉批、夹批及圈点与作品结合起来，则是南宋时代的文学批评家们使之完善并熟练使用。宋人吕祖谦评点《古文关键》，刘辰翁评点诗歌及小说《世说新语》，便是这一时期评点方法的代表作。

　　评点方法至明代成风。这一方面与文学的世俗化和批评的繁荣有关，另一方面可能与选家将此当成图书商品的促销手段有关。这一时期，最为美观的评点本是明代著名散文家归有光的《史记》五色圈点本，该书对于"若者为全篇结构，若者为逐段精彩，若者为意度波澜，若者为精神气魄"，各有义例；影响最广泛的则是以明代著名思想家、文学评论家李贽（李卓吾）署名评点的《水浒传》评点本，先后有两部，一为万历三十八年容与堂刻一百回本《李卓吾先生批评忠义水浒传》，一为万历三十九年袁无涯刻一百二十回本《出像评点忠义水浒全传》。当时人称："若无卓老揭出一段精神，则作者与读者千古俱成梦境。"竟然将原作的成功与他的评点紧密联系起来。李贽不仅是评点方法的实践者，还是这一方法的理论倡导者。他于《忠义水浒全书发凡》中指出："书尚评点，以能通作者之意，开览者之心。得，则如着毛点睛，毕露神采；失，则如批颊涂面，污辱本来，非可苟而已也。今于一部之旨趣，一回之警策，一字一句之精神，无不拈出，使人知此为稗家史笔，有关于世道，有益于文章，与向来坊刻，琼乎不同。如按曲谱而中节，针铜人而中穴，笔头有舌有眼，使人可见可闻，斯评点最贵者耳。"不仅阐明了评点与创作、欣赏的关系，还分析了评点的得失，强调了评点的严肃性。

时至清代，产生了《水浒传》金圣叹评本、《西厢记》金圣叹评本、《金瓶梅》张竹坡评本、《三国演义》毛宗岗评本和《石头记》（《红楼梦》）脂砚斋评本等一大批影响较大的评点本。其中尤以金圣叹对《水浒传》的评点为成就最高者。他的评点很注重作品思想内涵的阐发，机智敏感，左右逢源，借题发挥，议论政事，其社会观和人生观灼然可见。精彩之处更在于他对作品艺术性的感悟和分析，对作家之"文心"、作品之"神理"努力探索。在我国古代小说创作方法上，他第一次明确指出小说成功之处在于人物性格的塑造，而塑造性格成功的关键是揭示人物独特的个性，"人有其性情，人有其气质，人有其形状，人有其声口"，告诉读者要善于辨析同类性格的人的同中之异，以及一人性格的多面性、复杂性和统一性。在小说的结构、情节、细节、语言以及作家创作途径等方面，他都在评点中充分涉及。在所有古代评点家中，金圣叹评点时所显示的感悟天分和分析能力、理论深度及理论的系统性，都是出类拔萃的。可以说，从金圣叹的评点，我们较充分地看到了评点方法最为成功的范例。这里有灵活自如的批评，这里有箴言警句式的见解，这里有以意逆志的探幽，那无所不在的妙悟，那细大不捐的推敲，那与作品相映成辉的结合，等等，等等，以及作为这一切的基础的细读，都是其他批评方法所不可替代的。在学术领域里，当一种方法的诸多长处为其他方法所不可替代时，当这种方法既不是宗教而又能成为传统时，我们可以说，这种方法一定具有某种程度的解释事物、影响事物的能力，同时便具有了存在的理由。

考察传统评点方法，我以为，它体现了中国传统文化中的两大性格特色。特色之一便是强调对事物所具有的感应性。对天——宇宙过程有天人感应，对事物有物化之境，这是感应说的极端的描述。具体到认识理解事物，十分强调人对事物的感悟，强调情与悟的统一，"人心之动，物使之然也"，偏重于感性、情感、想象、具象，主张对物而感，由感而悟，由悟而觉，这种思维方式当可称为形象思维，这样性格的文化乃属于主情文化。这当然也是接近事物本体的途径之一。评点方法正是要求批评家充分地在作品中随感而应，作流动体验而非静止的抽象思辨，这种感应和体验与事物（作品）保持了相当稳定的联系。特色之二则是偏重实用理性。中国古代非常重视四大实用文化，即兵、农、医、艺，但重视的是它们的实际操作，而不是完整理论体系的建立。学入术中，学术不分，且重术轻学，一旦论学说理推演，必定论到神乎其神，诡秘不可理论，于实际无甚大补。譬如，中国古代兵书成熟，成熟的是战法，而非战争理论；中国古代医书沿用至今，但医学理论玄虚而不可捉摸；中国农事精细，农业理论却不脱"诸葛神算"之类。那么，文学艺术的理论基本上属于对具体作品的鉴赏，偶有程度有限的理论升华，大都也还是文章作法、创作方法之类，讲求的仍是实用。评点方法与实际作品最为紧密相联，所评所点正好有利于创作者具体地总结创作的经验，便于创作者实际的借鉴和操作，非常典型地体现了中国传统文化所具有的实用理性的特色。

考察传统评点方法，我以为，它显然建立在中国古代哲学的基础之上。中国的古代哲学，在认识论上，倾向于直觉主义，推崇格物致知的严谨精神。在认识事物的过程中，首先强调的是儒家的"天命之谓性，率性之谓道"，认为通过性——内心感觉即可认知世界的本原、本体和规律，认为人能获得不虑而知的良知，不学而能的良能，而且这种良知和良能，是普遍存在的，人人都有的，所谓"恻隐之心人皆有之，羞恶之心人皆有之，恭敬之心人皆有之，是非之心人皆有之"，这便是直觉主义。传统评点方法对文学作品所采取的批评，便具有很大程度的直觉主义。它追求对作品意义的总体感觉而不是逻辑推断，追求字里行间的突然把握，而不是科学式的条分缕析，通常以喻释义，取譬说理，惚兮恍兮，惊奇顿悟。中国古代哲学认识论中的直觉主义并不等同于认识过程中的笼统粗疏，古代哲人们同时也十分推崇严谨的格物致知。格物，指就物而穷其理，从具体事物中去获得知识。朱熹认为格物上至无极、太极，下至微小的一草、一木、一虫，都有理，都要去格，一事不穷，便阙了一事的道理，一物不格，便阙了一物的道理。传统评点方法正是典型的格文学作品之物，致作品内容及文学创作、原理方法、作家意图之知，一字一句、一段一回、一人一事、一言一行无不在批评家所"格"之下，以此来达到对具体作品各种因素的全面把握。如果说直觉是古人认识事物的一种哲学方法，那么，格物致知则体现了中国古代哲学的一种精神，它们在传统评点方法中都得到了显明的体现。

最具有文学本体意义因而最为重要的是，传统评点方法体现了中国文学的重要特点以及由此而产生的审美的兴趣和方法。

中国文学具有鲜明的重写意的特点。按照将艺术分为表现和再现两大类型的分类方法，中国文学主要倾向于表现，表达作家对外部世界的感知。并且为了这种表达，常常将现实表象的固有常态拆碎，按照表达的需要重组。因而主张形神兼备以神为要，主张虚实结合而尤尚空灵，以精练求深广，于一瞬求永恒，努力创造"大音希声，大象无形"，言有尽而意无穷乃至"无声胜有声"的艺术境界。这样的文学作品，"极数十年之力，仅得其好者以示人。而我乃欲一览而尽，可乎？"当然不可。"涵泳工夫兴味长"，"莫将言语坏天常"，需要"沉潜讽诵，玩味义理，咀嚼滋味"，获取"希声"之"大音"，"无形"之"大象"，获取"一部之旨趣，一回之警策，一句一字之精神"，同时，还要将金圣叹所说的"书中所有得意处，不得意处，转笔处，难转笔处，趁水生波处，翻空出奇处，不得不补处，不得不省处，顺添在后处，倒插在前处，无数方法，无数筋节"一一理解指出。评点方法细读细研作品，当然就比较易于达到"深观其意"的要求。

中国文学的重写意的特点，不仅表现在创作上，同时还体现在古代的文学批评甚至文学理论上。理论上的"气""风骨""韵味""神"之类概念，颇为多义，不便于诠释，因而需要意会；批评时所谓"隽永""清丽""雄浑""沉郁"之类的判语，微妙而近玄虚，还是需要意会。意会之后的表达，通常采取拟象取譬之法，从具象到具象，那么，理解时还是不能不靠意会。因此，中国古代文论中到处可以看见意会而来的观点，文学批评中更是到处碰上批评家感受式的文字，理论和批评大体是由鉴赏始，以鉴赏终，鉴赏贯穿全过程。传统评点方法于作品中逐字逐句、逐段逐回鉴赏，鉴赏中提出法则，鉴赏中阐释意义，鉴赏中表达感情，甚至还可以在鉴赏中来点意识流，上挂下联，心骛八极，神游四方，尤其体现了中国文学重写意的审美的兴趣和方法。

我感到不可思议的是，为什么传统评点方法竟然在现代文学里消失，而且消失得非常突然。原因复杂多样，需要请有关文学史专家们立一个专题来研究。在此我斗胆猜度，本世纪初西风东渐，正值国人因新奇而趋骛于西方式抽象思维方法的时候，传统评点方法在中国历史的"百慕大三角"时期神秘失踪，或许一定程度上是民族虚无主义的结果？不得而知。时至今日，中华学子日趋成熟，心有定数，大体看到了民族虚无主义的不足，在此不论。事实上，西方式的文学批评建立在抽象思维的基础之上，归纳演绎固然长人见识，接近于现代科学；而中国传统评点方法建立在具象思维的基础之上，直觉体会，以意逆志，追求顿悟，却也十分启人心智，接近于文学本体。西方式的文学批评惯于从作品中提出问题，然后抛开作品，抽象出世界的大小道理，做自己的千古文章，文章可能深刻完整，但不一定与原来的作品紧密相关；而中国传统评点方法紧扣本文，从作品中来到作品中去，为作品作阐释，作褒贬，作升华，批评未必完整深刻，但肯定与作品紧密相联。西方式的文学批评可以吸引文学以外的学者从各自专业的角度对作品的各种内涵进行批评，可能丰富深致，但也可能抓住一点而不及文学；中国传统评点方法则非文学中人不可，因为它十分具体，局外之人在作品的通幽曲径前必定茫茫然手足失措。这么说丝毫没有扬此抑彼的意思。人类认识解释世界的方法是多种多样的，非墨即杨实在是画地为牢，自我窒息。如果确系西学的影响才导致了传统评点方法的消失，那么，我们只是想说，西学的影响固然很好，西式批评方法完全可以请进中国，而中国的传统评点方法却也可以沿用并使之完善，二者完全可以各行其是。岂有非此即彼之理！

当然，提出在现代文学批评中使用传统的批评方法，人们有理由要求这一方法能得到现代文学批评理论的支持。我也曾粗浅地做过这类考察。可以认为，中国传统评点方法与现代盛行的新批评派在原则上甚至方法主张上十分相似。新批评派的一个重要原则是研究本文，要求把作品作为客观存在来研究，解读作品时强调忽然的、偶然的感知，认为这样的批评是合理的"无深度概念"。这个流派的创始人——英国的瑞查兹主张字义分析和细读法，认为应当对作品逐字进行分析。诗人艾略特也持新批评派的观点，认为"批评的任务就是对作品的文字进行分析，探究各部分的相互作用和隐秘关系"。本世纪二三十年代形成的以朱自清、李健吾等人为代表的中国现代解诗学，也主张对作品从宏观的把握进入微观的分析，认为理解是欣赏的前提，阐释是批评的基础，意象之间的组织是主要的切入口，批评家把推论和依据之间的距离缩得尽可能的短。这些原则和方法与传统评点方法真可谓所见略同。通过这样的比较考察，我们可以认识到传统评点方法所具有的合理内核和世界性意义。当然，我们的传统评点方法还具有更为灵活自由的形式，这种形式在世界文学批评中是独具其美的，令人赏心悦目，有可爱之感，有生动之感，有机智之感，有亲切之感，是别的论著式的批评所无法替代的。

阐述了中国传统评点方法的诸种意义，也就阐明了再倡中国传统评点方法的理由。如果我们扬弃掉传统评点方法中的一些弱点和弊病，诸如缺乏全局观念，缺乏完整的参照系，以及穿凿附会、耽于训诂、夸大感觉、故弄玄虚，等等，那么，传统评点方法获得历史上的再度辉煌，将是完全可能的。我甚至有一个强烈的希望，希望将来能在世界文学批评格局中，人们承认有一种流派，它的名称便是"中国评点派"，它的原则、手法以及形式都明显区别于其他流派，它将在世界范围内被批评家们广泛使用。

作为重新提倡中国传统评点方法的实践，我们设计了这套《古典文学名著评点系列》，约请今人评点古典文学名著。这一设计得到了许多当代著名作家的热情支持，他们欣然应允所请，相继对《红楼梦》《三国演义》《三言精华》等古典名著展开评点，一时传为佳话。国家新闻出版署遂将《系列》列为"八五"期间国家重点图书出版项目。经过评点者、古本校注者和编辑者三年多的苦心经营，图书即从1994年起陆续面世。中国传统评点方法消失于本世纪初，终于在本世纪末重现风采。看当代著名作家们对古典文学名著的评点，仿佛旧雨重逢，其实已是新桃新符。他们对社会多有真知，于人生深有历练，在文学是圆熟通透，自成一家，对古典文学名著见解独到，充满现代智慧，所评所点，堪称古典文学名著的现代读法，相信会在国内外文学界、学术界产生良好影响。倘若由于这一影响，使得中国传统评点方法得到再倡，从而在文学批评界得以广泛应用，形成一代风气，引起读者兴趣，丰富文学智慧，壮大民族精神，那么，作为首倡此事的出版社，无论在这一出版业务中赔赚如何，都将会引以为快乐之事的。

《古典文学名著评点系列》（王蒙、李国文等著），

漓江出版社1994年5月出版。

《百年百种优秀中国文学图书》
前言

  评选"百年百种优秀中国文学图书"，是 1999 年中国文学界、出版界的一件盛事。评选的发起者、组织者系人民文学出版社和北京图书大厦。评选的创意堪称知机趁势，卓越宏大。评选以完全的公开性杜绝暗箱操作，数轮评选均邀记者监票，程序谨严、无可挑剔。评审委员会之构成坚持了学术的权威性、广泛性、代表性诸原则，果有群言一堂、和而不同之盛状。评选标准固然是以思想情趣健康、艺术特点突出为主，兼顾作品的开拓价值、代表地位及影响面，而评委们更是用历史的、发展的、整体的眼光来把握 20 世纪的中国文学，共斟共酌中国社会百年之沧桑，重读重温中国文学百年之佳作，用理性和激情去擦亮一块块文学丰碑。评选出来的一百种优秀书目，其涵盖面远至世纪之初，广至台湾香港澳门，遍及一百年里各个重要历史时期，精当、丰富、全面、系统而且可信，得到了比较普遍的认同，一时享有"中国文学的百年盛宴"之美誉。

中国文学的百年盛宴自是入选作家的荣耀，同时也是广大读者的幸事。一百年来中国文学图书汗牛充栋，当今数十位文学专家倾其心智，披沙拣金，平心切磋，优中选优，以集体的智慧开列出百优书目，受益者最终还是广大的读者。对于许多对中国文学怀有美好情感的读者，百优书目就像是布置了一座中国百年文学的画廊，供他们流连观赏；对于那些在中国文学的密林里寻幽探胜的读者，百优书目就像在为他们披荆斩棘、指路导航，自然也节省了他们宝贵的光阴；至于对那些需要深究文学意义、把握文学规律的文学中人，百优书目则更像是在同他们坦诚地交换意见、交流心得，于学术的精进将不无裨益——据我们所知，这份书目已经成为一些文学教授向学生推介作品的重要参考资料。诚然，正如任何文学评选结果都不可能让所有人完全满意一样，百优书目也难免会引来仁者智者之见；我们只能说，入选者堪称优秀，而百种所限，肯定有优秀者未入其列。选择永远有缺憾伴随其后，遗珠之憾在所难免，这是毋庸讳言的。

然而，一批有激情、有责任感、值得信赖的文学专家毕竟开列出了"中国文学的百年盛宴"的菜单，这总是激动人心、令人神往的。于是，把菜单变成美味可餐的盛宴，直接奉献给最广大的读者，又顺理成章地成了一批同样有激情、有责任感、值得信赖的文学出版人的宏愿。鉴于许多读者以各种方式表达了置齐百种图书的愿望，人民文学出版社、中国青年出版社、解放军文艺出版社、作家出版社、生活·读书·新知三联书店、南海出版公司以及北京图书大厦，决定协同行动，将《百年百种优秀中国文学图书》重新出版。由于技术上的原因，《射雕英雄传》《家变》及《北岛诗选》未能列入重版，经几家出版单位协商，遂将终评排名紧随百种之后的《可爱的中国》《尘埃落定》和《酒徒》补入。这样，百种图书中有小说51种，诗歌23种，散文17种，报告文学2种，戏剧7种。丛书书目按初版时间先后排序，附在每种书中，同时还附有复评委员和终评委员名单，让我们对评委们辛勤的工作保持长久的敬意。

　　丛书的每一种图书对所使用的版本做了精心选择，选择的原则是在尊重初版本的基础上从优择用，重版时仅对所用版本中明显的编校错讹进行修订；由于有些原版本篇幅较小，此次重版时适当地将作家的一些其他重要作品补录其后，当可满足当今读者的阅读需求。丛书统一装帧，典雅考究，成套配装，蔚为大观。可以肯定，这是一套图书馆必藏、藏书人必备、文学爱好者必读的大型丛书。

　　20世纪的中国社会，开始了真正意义上的现代化进程。20世纪的中国文学，从内容到范式也都堪称现代意义上的新的文学。20世纪的中国文学将永远以其划时代的意义和业绩彪炳千秋，烛照后世。那么，出版这样一套代表整个世纪中国文学最高成就的丛书，不仅是作家们的荣耀、读者们的幸事，也是我们文学出版人光荣而神圣的世纪使命。愿我们的工作与 20 世纪中国文学同在，于中国文学圣殿中占有永恒的一席。

2000 年 5 月

《中国文库》出版前言

　　《中国文库》主要收选20世纪以来我国出版的哲学社会科学研究、文学艺术创作、科学文化普及等方面的优秀著作和译著。这些书籍，对我国百余年来的政治、经济、文化和社会的发展产生过重大积极的影响，至今仍具有重要价值，是中国读者必读、必备的经典性、工具性名著。

　　大凡名著，均是每一时代震撼智慧的学论、启迪民智的典籍、打动心灵的作品，是时代和民族文化的瑰宝，均应功在当时、利在千秋、传之久远。《中国文库》收集百余年来的名著分类出版，便是以新世纪的历史视野和现实视角，对20世纪出版业绩的宏观回顾，对未来出版事业的积极开拓，为中国先进文化的建设，为实现中华民族的伟大复兴做出贡献。

　　大凡名著，总是生命不老，且历久弥新、常温常新的好书。中国人有"万卷藏书宜子弟"的优良传统，更有当前建设学习型社会的时代要求，中华大地读书热潮空前高涨。《中国文库》选辑名著奉献广大读者，便是以新世纪出版人的社会责任心和历史使命感，帮助更多读者坐拥百城，与睿智的专家学者对话，以此获得丰富学养，实现人的全面发展。

为此，我们坚持以"三个代表"重要思想为统领，坚持贯彻"百花齐放、百家争鸣"的方针，坚持按照"贴近实际、贴近生活、贴近群众"的要求，以登高望远、海纳百川的广阔视野，披沙拣金、露钞雪纂的刻苦精神，精益求精、探赜索隐的严谨态度，投入到这项规模宏大的出版工程中来。

《中国文库》所选书籍分列于 8 个类别，即：（1）哲学社会科学类（哲学社会科学各门类学术著作）；（2）史学类（通史及专史）；（3）文学类（文学作品及文学理论著作）；（4）艺术类（艺术作品及艺术理论著作）；（5）科学技术类（科技史、科技人物传记、科普读物等）；（6）综合·普及类（教育、大众文化、少儿读物和工具书等）；（7）汉译学术名著类（著名的外国学术著作汉译本）；（8）汉译文学名著类（著名的外国文学作品汉译本）。计划出版 1000 种，自 2004 年起出版，每年出版 1 至 2 辑，每辑约 100 种。

《中国文库》所收书籍，有少量品种因技术原因需要重新排版，版式有所调整，大多数品种则保留了原有版式。一套文库，千种书籍，庄谐雅俗有异，版式整齐划一未必合适。况且，版式设计也是书籍形态的审美对象之一，读者在摄取知识、欣赏作品的同时，还能看到各个出版机构不同时期版式设计的风格特色，也是留给读者们的一点乐趣。

《中国文库》由中国出版集团发起并组织实施。收选书目以中国出版集团所属出版机构出版的书籍为主要基础，逐步邀约其他出版机构参与，共襄盛举。书目由《中国文库》编辑委员会审定，中国出版集团与各有关出版机构按照集约化的原则集中出版经营。编辑委员会特别邀请了我国出版界德高望重的老专家、领导同志担任顾问，以确保我们的事业继往开来，高质量地进行下去。

《中国文库》，顾名思义，所选书籍应当是能够代表中国出版业水平的精品。我们希望将所有可以代表中国出版业水平的精品尽收其中，但这需要全国出版业同行们的鼎力支持和编辑委员会自身的努力。这是中国出版人一项共同的事业。我们相信，只要我们志存高远且持之以恒，这项事业就一定能持续地进行下去，并将不断地发展壮大。

《中国文库》由中国出版集团主持出版，
全国共有近80家出版社参与。
自2004年起，每年出版一辑约100种图书，
现已出版5辑完成。

"21世纪年度最佳外国小说"
出版说明

　　评选并出版"21世纪年度最佳外国小说",是一项新创的国际文学作品评选活动和出版活动。在世界文学格局中,由中国文学研究机构和文学出版机构为外国当代作家作品评奖、颁奖,并将一年一度进行下去,这是一个首创。因而,当2001年度的评选揭晓,6部当选作品中译本面世时,引起了广泛的关注和兴趣。

　　"21世纪年度最佳外国小说"评选活动由人民文学出版社和中国外国文学学会及各语种文学研究会联合举办,人民文学出版社主办。评选委员会由分评选委员会和总评选委员会构成。各语种文学研究会(学会)遴选专家,组成分评选委员会,负责语种对象国作品的初评工作;再由人民文学出版社、中国外国文学学会及上述各语种文学研究会(学会)委派专家组成总评委会,负责终评工作。每一年度入选作品不得超过8部。入选作品的作者将获得总评委会颁发的证书、奖杯，作品由人民文学出版社组成丛书出版，丛书名即为"21世纪年度最佳外国小说"。

总评委会认为，入选"21世纪年度最佳外国小说"的作品，应当是：世界各国每一年度首次出版的长篇小说，具有深厚的社会、历史、文化内涵，有益于人类的进步，能够体现突出的艺术特色和独特的美学追求，并在一定范围内已经产生较大的影响。

总评委会希望这项活动能够产生这样的意义，即：以中国学者的文学立场和美学视角，对当代外国小说作品进行评价和选择，体现世界文学研究中中国学者的态度，并以科学、谨严和积极进取的精神推进优秀外国小说的译介出版工作，为中外文化的交流做出贡献。

2001年度的评选活动和入选的6部作品的出版，深得文学界、出版界的好评和众多读者的欢迎，在国际上也引起了关注。一项新创的事业有了一个良好的开端，令我们感到十分欣慰，信心倍增。我们相信，2002年度的评选活动和6部作品的出版，也一定会获得成功。而只要我们持之以恒并恪守评选的原则，在整个21世纪的进程中，这项"世纪工程"必将获得持续的成功。

> "21世纪年度最佳外国小说"丛书由人民文学出版社
> 2002年起每年出版一辑，迄今已出版11辑。

"连理文丛"序

　　一个作者的作品可以有多种选编出版的方法。"连理文丛"的编辑出版者，将几对夫妇作家、学者的作品，循着尽可能与生活内容相关的编辑意图，梳理，选取，分列出个人若干篇目，又使得夫妇彼此有所呼应，编选在同一部书里，算得上一种别裁。文学研究者可以此作为作者和作品流别研究的一种文本，从中或清晰或模糊地辨认他们的异同，无论是为人还是治学、为文，也无论是"和而不同"还是"和而且同"。从中或隐或现地感悟他们相互的影响，无论是人品、格调，还是情感、趣味、性情，甚至问学之义理，为文之风骨，作文之辞章。夫妇朝夕相处，人生相濡以沫，相互间自然要有所影响。如此，为我们理解作家、学者，知人论世，解读作品，探询学问，烛幽发微，通其辞意，无疑是有所裨益的。

　　一个作者的作品自然有多种读法。既可以通览、选读，也可以精读、闲读，还可以将其置于某些同类或者相对立的作品中来解读，放在某些同类或者相抵触的作者中来细读。有的是为了领悟、理解作品的需要，有的是为了认识作者主体的需要，有的是为了拿来作为知溯流别、比较才调的镜鉴，有的则纯粹是为了阅读索引的方便。读者的需求便是编辑出版者的时务，于是数千年来各种作品类选书籍层出不穷。文选、观止、别裁、杂钞，横岭侧峰，视角不同，有的有理，有的少理甚至无理，有的有趣，有的少趣甚至无趣，有的有关联，有的则是生拉硬拽，有的独具慧眼，有的则编次无法，更有的割裂经典、自相矛盾，一如我们所熟悉的出版行当，难免鱼龙混杂、五花八门。然而，类选之工总是要做下去的。"连理文丛"这套别出心裁的类选丛书，倒也有理有趣而无生拉硬拽之嫌。所选作品以散文随笔为主，帮助读者品评作品韵味，感受人生经验，领悟生活内涵，不能不说是颇具匠心的。

选录汇编夫妇作家、学者的作品，其编辑出版的理念自然是成立的。不过，窃以为，并非只要是作家、学者做成了夫妇，便当仁不让一律收选。收选的标准不能停留在纯文学、纯文本的鉴赏上。这里似乎有两重标准，一是为文的，一是为人的，总得互为表里、相得益彰、相映成趣才是。"连理文丛"目前所选，还都是广大读者所敬重的夫妇作家，莘莘学子所爱戴的夫妇学者。他们最好的作品，首先还在于他们自己的人生故事。譬如胡风、梅志夫妇，二十余年噩运连连，多少次死去活来，长时间孤独无援，然而，夫妇总能相互搀扶着前行，道义、文心并不曾泯灭，做成了动人心魄的人生绝唱。我们从"文丛"所读到的，将不仅是从各位作家、学者著作之树撷取下来的几枝绿叶，更为有意义的是，我们将领悟到各各不同的人生，那值得人们表示敬意的人生。这是我对丛书特别寄予的希望。

遵丛书主编者之嘱，写下以上文字，以为序。

"连理文丛"（乐黛云、汤一介等著），

太白文艺出版社 2005 年 1 月出版。

"名家随笔丛书"总序

　　时下随笔写作成风。与此为因果的是，随笔的读者甚众，一些随笔集成为热销书籍就是明证。中国地震出版社在出版中外随笔类书籍方面颇负盛名，不断引动作家、学者、艺术家与其合作的兴趣。现在，又有一些颇负名气的作家联袂到这里出版随笔，并冠以"名家随笔"结成丛书，亦是一项引人注目的选题。

　　在诸类文学样式里，散文是最利于作者表达情思（即感情与意思），也最便于读者接受理解作者情思的一类，而随笔则堪称散文中之精灵。文学的本质是人们对情思的表达。即如梁代诗评家钟嵘在《诗品序》中所言："气之动物，物之感人，故摇荡性情，形诸舞咏。"又言："凡斯种种，感荡心灵，非陈诗何以感其义？非长歌何以骋其情？"英国人爱德华·杨格 1795 年在《原始作文研究》一书中也作如是说，大意是：一切有价值的文学作品其本质是抒情的，就是发表思考的文学也使用这种原理——只有直接从人们心灵上发生的思想，才值得永垂不朽。六朝文论家刘勰则在《文心雕龙》中直陈文学创作须"因情而造文"而不可"因文而造情"。情思是一切文学创作成功的重要基础，而其关键之处又在于情思的表达和传播。在文学样式中，诗词歌行是至为抒情的一种，故有清代金圣叹"诗者是心之声"一说，然而，囿于诗词歌行的形式格律，人们情思的表达和传播常常会遭遇技术上的困难。小说戏文也常常源于情思、倚重情思，《红楼梦》就有"一把辛酸泪""都云作者痴"之语，然而作者和读者常常会迷失于"满纸荒唐言"以及"无奇不传"的故事中。在情思的充分表达和有效传播方面，当首推散文，而散文中又首推随笔。随笔叙事抒情说理兼备而又文无定法、不拘一格、形式多样、短小活泼，可直抒胸臆，可俯首低吟，可销愁纾愤，可述往思来，较少矫情编造，较少强词夺理，因而作品的斧凿痕迹较之别的文体要少得多。优秀的随笔往往随意走笔而涉笔成趣、涉笔成思、涉笔成理、涉笔成情，有的亲切自然如围炉夜话，有的意味隽永如老僧悟道，有的如诗歌却明白如话，有的像故事却真切感人，故而士农工商爱读，传播效果深入人心。

近十余年来，文坛学界、政界商界乃至广大学子民众，随笔写作持续升温，竟有遍地鲜花之盛况。上溯九十余年，五四时期，随笔亦十分流行，有如火如荼之势。而纵观数千年中华文化史，每值社会转型期，或值社会思潮激荡期、学术繁荣期、文化交流活跃期，只要不是"文网太密"，总有随笔写作与传播盛行。回望历史，思考当下，随笔盛衰其规律大体如此。今日之华夏，正值社会转型时期，思想解放，改革创新，各种利益关系亟待调整，各种矛盾凸显而多发，各种思潮激荡活跃，各类学术艺术流派放言争鸣，而社会主流文化的建设受到广泛重视，传播媒体空前繁荣，随笔写作势必汇成澎湃之势。我们正处在一个改革开放的时代，人们精于观察、敏于感受、敢于思辨，继而要讨论、要倾诉、要抒发、要交流，随笔文体就是最为自由开放、传播便捷的载体，因而这也将是一个随笔作品大量涌现的时代。我们正处在一个求真务实的时代，文学作品、媒介传播稍微过度的矫情雕饰都会使得读者感到不安，因而崇尚简洁而鲜活的随笔写作，帮助我们更确切地对生存状态加以思考和表达，更好地感受哲学意味、人生况味，因而这也将是一个许多随笔作品深入人心的时代。我们还处在一个信息化时代，互联网的海量博客、微博汹涌而至，不断有作家宣称，从此将以博客、微博随笔写作为生，海量博客、微博经过去芜存菁、去伪存真，一定还有大量具有思想性、文学性、学术性的优秀随笔作品得到广泛传播。为此，我们不由得要拍案惊奇：难道这是一个随笔的时代！

现在奉献给诸位读者的"名家随笔丛书"，便是在当下如此这般的随笔热中一个偶然的机会里编辑而成，奉献给读者。丛书作者均为著名作家。有新鲜出炉的第八届茅盾文学奖得主刘醒龙，他的随笔集《人是一种易碎品》一如他获奖长篇小说《天行者》，真切细腻而多情。醒龙的小说大体是以悲苦、尴尬的底层生活状态作为底子，而随笔作品则把生活写得五味俱全，丰富而驳杂，"易碎品"的意象足以让我们领会作家的多情与敏感。全国中短篇小说奖老牌得主陈世旭的随笔集《谁决定你的世界》，继续着他早年间的获奖小说《小镇上的将军》的深沉，作家本来就长着一双蒙难老将军鹰隼一般的眼睛，一个《谁决定你的世界》的书名引领着一大批直面现实的随笔作品，犹如老将军发出的一连串尖锐激越的追问。号称短篇圣手的聂鑫森、阿成二位，分别来自一南一北，都用充沛的情致用随笔来记录历史和关注现实。鑫森的《名居与名器》，前可见古人，后能顾来者，古意盎然，感慨古今；阿成的《风流闲客》，一腔悲悯情怀，寻觅名城变迁，触摸世事沧桑。还有二位来自楚地的高手刘益善、野莽，前者是诗人兼小说家，后者则是小说家兼随笔作家。益善的《秋林集》浸润着冲淡的诗意，讲述着人生的秋林种种平静而哀婉的情思；野莽的《竹影听风》犹如厉风穿过竹林时发出的刺耳啸声，对着世俗发出一个又一个的追问。一辑六书六君子，面貌气度各不同，相同的是他们的人生态度声气相投，是他们都乐于表达各自对人世间的真情实感，是他们都表达了"从人们心灵上发生的思想"，值得郑重地推荐给读者诸君一读。正因为如此，应几位作者邀约，作为朋友，我写下以上感想，权充作丛书的序。

2011 年 10 月 16 日于无梦斋

"名家随笔丛书"（陈世旭、刘醒龙等著），

中国地震出版社 2011 年 11 月出版。

《创意阅读：外国文学名著新书评》序言

　　山东文艺出版社计划编选一部解读中外文学名著的新书评，做成经典的盛宴，以飨读者，为当前开展阅读活动提供帮助。显然这是一个很好的主意。出版业内外，特别是广大读者，对书评质量普遍表示不满和失望，已经是很长一个时期的事了。不满的焦点主要集中在虚假、夸大、空洞等问题上。不少劣质书评，说它"无实事求是之心，有哗众取宠之意"，已经不能切中要害了。书评"假大空"，倘若那是友情赞助、托大自慰倒也罢了，问题是它有坑蒙拐骗之心、商业欺诈之意、欺世盗名之阴谋，它欺骗舆论、混淆视听、搞乱市场、污染世风，故而为正直人士所不齿，为读者所愤恨。相较之下，在名著的书评方面似乎情况要好一些。毕竟名著的作者大都已经作古，书评者不可能与之合谋，人情关系的顾忌也不大可能存在。在这样的情形下作评论，虽然如果评家个人的才情学识不足或固守学术偏见，还会作出不够符合作品实际的歪评来，但起码在职业道德立场上要公正一些，在出发点上要超然一些。故而，出版社路英勇社长邀请我担任本书主编，我没有不应承的理由。他们决定先编外国的，后编中国的，外国作者远在天边，更无人际裙带的关系牵连，如此周全的思虑，简直像法庭判案一样。做具体工作的是李凤魁副社长。他们有求真务实的精神。

书名最初拟定为《经典的盛宴》。临到定稿时我对书名稍稍有些踌躇。被评价的作品是否称得上经典，我一时还没有弄明白。没有弄明白的事一般不要去做。经典身份还没有确认，盛宴就摆上了，我怕也弄出一个大言欺世的嫌疑。称得上经典的书，是可以作为标准的书，是具有权威价值的传统著作。有些名著，名闻天下，响遏行云，名噪一时乃至一代，然则未必就称得上经典。经典与否需要经历的时间和覆盖的面积说话。事实上，一部文学作品，能以名著冠之，就已经值得更多的读者一读了，何必经典得紧！我提议书名另拟，作品则按原定宗旨编选。提议得到路社长首肯。他们有实事求是之心。

书名现在拟定为《创意阅读》，副题是"外国文学名著新书评"。创意和阅读，都是近一个时期社会的高频语词。媒体上常常看到"创意时代"的提法，有识之士有构建"阅读社会"的倡议，把创意与阅读两个宏大叙事概念联结在一起，交相辉映，想不熠熠生辉都难。如此看来，还是有托大媚俗之嫌。

然而，这里绝没有故作惊人之语的意思。创意阅读，乃是我对阅读的意义方面有所思而提出，也是拜读了诸位评家大作之后有所感而发。

有人说阅读是一种文化，有人说阅读是一种宗教，可是我愿意说，阅读是一种生活。刘勰《文心雕龙》说欣赏作品"视之则锦绘，听之则丝簧，味之则甘腴，佩之则芬芳"，当然这是一种生活体验；英国人培根说"读史使人明智，读诗使人灵秀"，表达了读书对生活的影响；法国人笛卡尔说的"读好书无异同品德高尚的古人谈心"，当然更是一种让精神升华的生活。中国古人对阅读有很多生活化的说法："读万卷书，行万里路"，是终身的生活追求；"读书之乐"是把阅读生活化的价值取向；"坐则读经史，卧则看小说，上厕则阅小词"则是对生活阅读化的生动描摹。读书既然是一种生活，很自然，生活也就以记忆和想象的方式延伸到读书之中。所谓"以意逆志"，所谓"我注六经，六经注我"，所谓"同阅一卷书，各自领其奥"，说的正是读书与生活相互延伸和作用的意思。这种相互延伸、作用的过程，就是一种创意性的阅读。

所谓创意阅读，不是什么了不起的创意，更不是什么独得之秘。创意阅读，说的就是凡阅读总有读者个人的创意在作用，凡书评更要有评论家的创意在生产，所谓"有一千个观众就有一千个哈姆雷特"，评论家也不能例外。文学评论界曾经一度有过"创造性误会"的说法，我是赞同的。鲁迅那个关于《红楼梦》在不同读者眼里发生多种意义的名言，可以做成创意阅读的注释，尽管那段名言含着嘲讽的意思，但说的是事实。我不以为阅读或书评时产生主观创意有什么不好，恰恰相反，我主张多一点创意，少一点穿凿，多一点想象，少一点刻板，多一点快乐，少一点苦读，特别是文学阅读与评论。

我们提倡创意阅读，故而收入这部书中的书评，多有一些出自以创作为主业的作家之手。作家们能从紫式部的《源氏物语》里读出"无为而有为"与"有为而无为"的文学作品价值的悖论，在早已被世人读遍了的《哈姆雷特》中发现险恶的新生之路，读《神曲》而有精神与肉体的较量，读《白鲸》而有"白色的寓言"的感慨，在人人称道的写实主义典范之作《包法利夫人》里指出"残酷的写实"，在《白夜》里体验出自己人生的边缘之光，翻开阿斯塔菲耶夫的《鱼王》，就能听到他沉重的叹息，而读罢巴别尔的《骑兵军》，竟能联系出来莎乐美和潘金莲……如此这般，天上人间，神驰四方，心骛八极，不是创意地阅读，哪里能在书评文章中如此痛快淋漓！

至于文学教授、学者们的书评文章，自然是要稍稍恪守学理、保持体系的。不过，我说的只是稍稍，绝非株守，更非墨守！他们大都也是作家，或者可以称为学者作家。学术只是他们的职业，创意乃是他们的生命。因而生命与职业同在，创意与阅读共享，这是很自然的。舒芜从法布尔《昆虫记》中获得了远亲的消息，曹文轩对着马尔克斯的《百年孤独》叹息无望的马贡多，吴晓东在普鲁斯特的《追忆似水年华》中描述人类记忆的神话，孙郁在普希金那自由的元素里注入了属于他自己的明晰和透彻，陆建德体验着雪莱的天空之爱，余中先采撷来法国文学中的一枝奇葩，而张清华在苍穹下仰望荷尔德林，写就了如歌如诗的书评……这般如此，理性与感性的交融，创意与阅读交响，引动人们想象，却又不曾离开文本，虽然文本有所照顾，却不曾静止过心跳，阅读时的创意又是多么深挚充实！

以上种种所思所感，成就了本书的题意。我们愿意同读者诸君一起，用一种创意的心态、创意的精神来阅读这些大都具有创意精神的书评，阅读这些不少是经过真诚阅读后酿造出来的别一种的文字，从而获得生命之美、理性之美的享受。

这是在诸位创意阅读之前的赘语。请原谅我创意能力的不足，但我努力做到真诚地对待这项工作——要有好的创意，需要足够的能力和真诚，而要做到真诚，同样也需要努力。希望能够读到更多的真诚而有创意的书评。

2007 年 4 月于北京

《创意阅读：外国文学名著新书评》(聂震宁主编)，
山东文艺出版社 2007 年 5 月出版。

《创意阅读：中国文学名著新书评》
序言

　　《创意阅读：外国文学名著新书评》出版后获得好评，有点儿出乎我们的意料。这些好评，不只是指朋友们的嘉许，而主要来自于素未谋面的读者。读者以他们"看不见的手"投了一票，我们通过市场销售看见了这些让我们敬畏的手——尽管还不能说是森林般的手。书评文字也有自己的市场，让我们受到鼓舞。现在又编选出《创意阅读》的续集，推荐一批关于中国文学名著的书评。

　　原本我们以为，中国文学部分的编选工作，较之于外国部分，要难做一些，实际上，是难做得多。其中道理，用久闻其香与久闻其臭来比喻说明，不免粗鲁；用身在庐山来强调，也不免霸蛮。首先是书评文章如汪洋大海。一部知名文学著作，总要牵出一长串的书评，倘若是经典性作品，牵出的不啻是一条长长的书评之河，从中要选出一二篇来，实非易事。其次就是名著如群星璀璨，而名人之著则多如过江之卿，评谁与不评谁，说项依刘，老大难事。还有如许人事思谋，不能不有所思谋。何况我们的眼力与功力，无一特异之长。如此等等。

然而，到底还是编选完成，出版在即，成败自有公论，困难不是理由。我只想在此说明一点。倘若有朋友问为什么选这一篇而不选那一篇，我只有一个回答：很不幸，我们没有得见更好的那一篇。知也无涯，学也无涯，选也无涯。遗珠之说显然托大，盲区太大才是实情。与人事亲疏恩怨绝对没有关系。

本书编选，我们有一点追求，也想就教于各位行家与读者。我们的追求是：不仅提倡创意阅读，还想提倡深度阅读；与提倡深度阅读相匹配，推崇厚重与深致的书评。读了当下不少书评，忽然有了一个印象，感到消费主义成分过重，时评色彩过浓，广告煽情太过明显，浮文空理太过招摇。文学图书大多供于大众精神消遣，书评为此助力，这是文学出版的常态；代有时文，时评依此而生，原也符合规律。传统的阅读价值观，既以读书为学、"学而优则仕"，又以读书修身养性、"朝闻道，夕死可矣"。现代社会，提倡精神文化生活的丰富性，在继承传统的同时，也充分尊重阅读的精神消遣价值，更好地体现出以人为本的现代精神。然而，一个学习型社会，既要承认阅读价值的丰富性，又要倡导阅读的核心价值。顾名思义，也就是阅读的学习性价值。要实现这一基本而主要的价值，就应当提倡阅读既要有创意能力，也要有深度追求，甚至，更重要的是深度的阅读。诚如国学大师章太炎先生所见："凡习国文，贵在知本达用，发越志趣，空理不足矜，浮文不足尚。"而书评作为社会阅读的向导，更多地承担着学习向导的任务，也就更应当立足于深度的解读和阐发。至少，应当更多地提倡这样的书评追求。鉴于此种考虑，我们在目力所及的范围里选择了这些具有一定深度的书评文章，帮助读者进行深度阅读，不知道诸位行家和广大读者以为然否？

我们提倡深度阅读，还是信息化环境下的阅读对策。信息化给人类的认识能力、交流沟通能力和创新力都带来了巨大变化。然而，人类社会同时也面临着泛信息化的危险。个性有被消弭的痛苦，思维有被弱化的趋势困惑，思想有被简化的尴尬，人文精神接受着信息变化多端的挑战，深度阅读正在被媒体信息阅读所取代。江苏人民出版社出版的《伟大的书》，对此有深刻的洞察和分析。该书作者是美国人大卫·丹比，《纽约》杂志一位著名影评家。他痛感信息社会瞬息万变对于人们生活的负面影响。他发现自己已经不再是个读者，而变成了一个只读新闻、时事书籍以及各种各样的杂文的读者。更可怕的是，"我拥有信息，但没有知识；我拥有观点，却没有原则；我有本能，却没有信念。"1991 年，大卫·丹比 48 岁重返母校——哥伦比亚大学，与十八岁的学生坐在一起，重新读"伟大的书"，读荷马、柏拉图、索福克勒斯、亚里士多德、但丁、薄伽丘、卢梭、莎士比亚、黑格尔、奥斯丁、马克思、尼采、波伏瓦、康拉德、伍尔夫等。《伟大的书》就是大卫·丹比第二次做学生时的读书笔记。他说："严肃的阅读或许是一种结束媒体生活对我的同化的办法，一种找回我的世界的办法。"我们也可以这么说，在信息化环境下，提倡深度阅读、深度思考、深度书评，是我们找回人与文学的办法之一。

大卫·丹比的办法也就是我们对付浅阅读特别是肤浅书评的办法。我们也在做找回人与文学世界的努力。努力的初步结果就是这部《创意阅读》续集。请大家批评，也请大家一起来做出更多更好的努力。

是为序。

2008 年 1 月 1 日于北京

《创意阅读：中国文学名著新书评》（聂震宁主编），
山东文艺出版社 2008 年 1 月出版。

《创意阅读：外国文学名家新评》
序言

编选《创意阅读》，原本只是为了介绍我国新近发表的一些中外文学名著书评，书籍的副题标注为"新书评"。为此，在选编时，割舍了那些以作家为研究、评析主要对象的文章。割舍的都是一些锦绣文章，当时心下真有些小小的不忍和不快。然而无奈，因为强调"新书评"的主意来自于我。

《创意阅读》二种既出，以为事情已经过去。岂料，某日，山东文艺出版社李凤奎副社长提出建议：《创意阅读》继续出下去，下一种即编选新近发表的外国文学名家评析文章。原来他也在记挂那些被我拿下的锦绣文章。真是一位创意编辑！不消说，我们一拍即合。于是，《创意阅读》的创意之旅得以继续。

文学赏评，历来就有品人与品文两种。我国传统喜欢讲"文如其人"和"人如其文"。汉代扬雄有名言："故言，心声也；书，心画也；声画形，君子小人见矣。声画者，君子小人之所以动情乎？"外国文学也有相同的传统。古罗马辛尼加则说过："如此生涯，即亦如此文词。"德国文豪歌德更是断定："总的来说，一个作家的风格是他内心生活的准确标志。所以一个人如果想写出明白的风格，他首先就要心里明白；如果想写出雄伟的风格，他也首先就要有雄伟的人格。"如此等等，说的都是人品与文品的一致性。

当然，凡事总有例外。质疑人品与文品是否一致大有人在。金朝元好问就质疑扬雄的心画心声说，他诘问道："心画心声总失真，文章宁复见为人。高情千古《闲居赋》，争信安仁拜路尘！"说的是西晋大文学家潘岳，安仁是他的字，他写过一篇《闲居赋》，极为高情雅致，可实际上，他却拜倒在权贵的车尘之下。为人与为文大相径庭的故事还可以举出一些。譬如明代最著名的奸相严嵩，就写出过吟咏之工迥出流辈的《钤山堂集》，而以瘦金体书法名垂后世的宋朝皇帝赵佶，为人并无骨气，为敌国俘虏任其囚困而死。正应了英国人霭理斯从心理科学规律上作出的极端论断："这是一个很古的观察：那最不贞洁的诗是最贞节的诗人所写，那些写得最清净的人却生活得最不清净。"

其实，这里提醒我们的是，艺术创造的过程非常复杂，凡事不要绝对，切切不可把人品与文品、锦心与绣口混为一谈。然而，公道说来，古今中外，上下数千年，各种名篇佳构，还是大多出自作者心声，和着文人血泪的。正如清人刘鹗所说："《离骚》为屈大夫之哭泣；《庄子》为蒙叟之哭泣；《史记》为太史公之哭泣；《草堂诗集》为杜工部之哭泣；李后主以词哭；八大山人以画哭；王实甫寄哭泣于《西厢》；曹雪芹寄哭泣于《红楼梦》。"也许是我见识肤浅，我是接受此中因果关系的，也愿意相信艺术家们整体的美好与可爱。我还愿意相信，那种作者言行不一、言不由衷，文章却高情千古、方轨文坛的现象，总在少数。我的看法是，正因为有如此复杂的因果和伪因果现象的存在，才要求人们对文学的赏评需要更为全面、更为透彻。要求赏评者不仅要读书，还要读人；不仅要听其言，还要观其行；不仅要文本至上，更要知人论世。正如鲁迅先生所言："我总以为倘要论文，最好是顾及全篇，并且顾及作者的全人，以及他所处的社会状态，这才较为确凿。要不然，是很容易近乎说梦的。"《创意阅读》需要从评书进入到评人。

以上便是本书编选的缘起。本书收选的文章，主旨、风格均有异同之处。李国文论巴尔扎克、王蒙论易卜生是直指其精神；洪烛论荷马，是列举其精神对后世广泛而深刻的影响；叶兆言论高尔基，索性把自己的阅读史和成长史与之相映照；柳鸣九把罗曼·罗兰与他的作品放到一起对照着解读；苏福忠从《哈姆雷特》中分析莎士比亚的精神状态；残雪就歌德写作《浮士德》的动机探寻经典的精神来路与高度；王培元探索巴别尔之谜，毋宁说在探索在对20世纪人类一段精神历程进行追问；谢有顺直接分析卡夫卡丰富的内心生活；王家新对加缪的解读甚至注入了当代中国人的困惑。以上种种，是论人之作，批评家们直指作家的精神深处及其意义。可因为作家最终要通过文本与读者交流，于是更多的批评家则针对作家的全人和主要作品进行更具学理的分析和理解。陆建德全面解读诗人雪莱的太空之爱；张柠深入分析陀思妥耶夫斯基作品中灵魂的战栗；一直倾心于叙事学和修辞学批评的李建军，探寻契诃夫叙事的朴素与完美；何大草重读福克纳，却把海明威拿来比较而读，不曾想却与肖克凡对海明威的激情理解形成对话；止庵的纳博科夫之旅最具有阅读的现场感受；格非描绘博尔赫斯颇具阅读的细读要求；曹文轩对普鲁斯特的解读和对川端康成的感悟，弥漫着一位良师于课堂讲授时的学术氛氲。至于钱满素对梭罗、文洁若对乔伊斯、王祥夫对托尔斯泰、倪梁康对穆齐尔、邱华栋对索尔·贝娄、雷平阳对卡尔维诺、王家新对叶芝、树才对雅姆、张锐锋对纪伯伦、韩青对茨维塔耶娃、施战军对巴乌斯托夫斯基、叶开对赫拉巴尔、洁尘对杜拉斯、西川对米沃什、叶兆言对奈保尔、黄贝岭对约瑟夫·布罗茨基……尽管隔着千山万水，许多甚至有着世纪之隔，却无不形成具有深度的对话，做成了程度不同的知人之论，从而帮助读者对作品达到更深的理解。与此同时，我们还能在这些文章中读到作品后面的作家本人，他们的人生故事和精神面貌，实在称得上是一次精神的盛宴。而这样的盛宴，在通常的书评文章里我们是轻易享受不到的。希望读者们喜欢。

是为序。

2008 年 4 月 20 日于北京

《创意阅读：外国文学名家新评》（聂震宁主编），

山东文艺出版社 2008 年 5 月出版。

《创意阅读：中国文学名家新评》序言

　　《创意阅读：中国文学名家新评》这本书实在算不上一部完全意义上的评论文集。收入集中的许多文章就文体而言并不是一回事，更无论风格和所秉持的文学主义。我是如此地喜欢铁凝所写的《怀念孙犁先生》。"人之感于事，则必动于情"（唐白居易），感事、动情与作家的为人、为文链接起来，使得评赏抵达人性的深度。然而，这篇实在算不上是评论的文字。可犹豫再三，我们还是把它保留了下来。作家新评，谁也没有规定过评赏作家的文章应当如何写就。真正喜爱文学的人都会本能地吸收这样的评赏文字而不会主动要求受文学批评写作窠臼的限制。我也佩服叶兆言、梁衡、王充闾、卞毓方的文化散文式的作家评赏文章。这些文化散文着实意象具足、宛然在目，表现了作家主观情思与客观境遇天然合一的境界。这样的文章与其说是品评，不如说是品赏，但其更接近于散文写法。但讨论再三，我们还是把这一类美文介绍给原本要到书中阅读评论文章的读者诸君。有意有象，有情有景，多义性和歧义性，不确定性和确定性，无限性和有限性，这是文学的本来面貌，似有若无的东西恰恰是文学的最大魅力所在，窃以为用文化散文这种写法也许更能贴近作家，帮助读者阅读。

　　当然，评论文章，说到底还是本书的主体，没有它们本书就无理由称作"名家新评"。然而，文无定法，评论文章当然也不会拘于一法。王蒙之评赏李商隐，简直就是一次阅读与创作的畅想。"文章当以趣为第一"（明李卓吾），且"诗有别趣，非关理也"（宋严羽），以这样的解诗观来赏评李商隐和他的诗，实在是最贴近的一种方法。曹文轩之关于鲁迅的评论文字则以情理见功力。宣讲鲁迅，不感之以情无法扬其善，不识之以理无法颂其真，曹文轩于大学圣殿之上的布道当可直入人心。孙郁的文章本书选得最多，乃是因为我们被孙文深厚悠长的文化意味和温婉蕴藉的文字所打动。他的文章总是博而有物。他清醒，然而意味深长，他热情，然而有骨有态。总之，本书所选评论文章，有学理，有分析，有创见，篇篇过扎。吴晓东论废名、童庆炳论王蒙、李陀论汪曾祺、李静论王安忆、郜元宝论张炜，等等，有的深入，有的标新，有的深入而标新，读来路转峰回、动人心魄。特别是李静评论王安忆，我们难得读到如此这般既与人为善更以文为本的态度诚恳的评论。在我国当代作家里，王安忆卓然独立。她视野广阔，富有深度，艺术自变力强，成就非凡。评论家尊重作家的文学成就，那是对文学现实的一种尊重，但并不意味着就此止于思考。评论往往要从她的成就与缺憾，文本的得与失开始，揭示每一位作家都必然具有的写作维度与困境，进而探讨文学所面临的一些关键问题。对此李静做得坚定不移，做得推心置腹，殊为难得，使得我们的阅读具有强烈的紧张感和张力。这篇文字是"1996年5月初稿，1999年修改，2001年3月以《失名的漫游者》为题发表，2002年10月据王安忆近年新作最后改定"，足见评论家的执着和认真，也足见一位优秀作家那持续而强大的吸引力。

编选此书，我们对所选文章，或论理，或论事，或叙事，或抒情，坚持不拘一格，无不以本文优秀是取。诚如宋代秦少游论文所言："采道德之理，述性命之情，发天人之奥，明死生之变，此论理之文如列御寇庄周之作是也。别黑白阴阳，要其归宿，决其嫌疑，此论事之文如苏秦之所作是也。考同异次旧闻，不虚美，不隐恶，人以为实录，此叙事之文如司马迁班固之所作是也。"虽然文学流派不同，本原均须不失雅正，却也不必扬李抑杜，归为一尊。读者诸君自然也是要分别文体，分别意趣，分别主张和创意去阅读才是。

《创意阅读》最初计划是编选中、外文学共二种书评集，后书业反响有热度，专家有好评，兼之评书之外尚有评人之文亟待与读者共享，于是就有了后来的中、外作家新评二种。四种书出齐，我们与读者朋友们的创意阅读之旅也就可以暂告一个段落了。我首先要真诚地感谢读者朋友们，在书多如过江之鲫而市场反应又五花八门的当下，诸君竟能青睐一套文学书评集，能一本又一本地接受它们，可见当今经济社会还能容得下很多张平静的课桌。我也要诚挚地感谢山东文艺出版社。应该社邀约，本人忝作这套书的主编，实际工作却主要是责任编辑所承担，他们一再感谢我应承了此项工作，我却要一再感谢他们承担了此项实务，还要感谢出版社决心出版这样一套未必能获得雅俗共赏的专业读物。一般来说，就内容而言，出版工作分为创新性出版和积累性出版两大类，大体上创新性选题易好，积累性选题难工。这套书于创新、积累兼而有之，于积累中见创新，足见他们的卓越见识和追求。我更要感谢入选这套书评集的作者方家们。书的真正主体是他们。正是由于他们卓具创意的写作，才给读者和出版者带来无限创意的导引，带来了这历时近二年的创意阅读之旅。在今天这个创意的时代，当代文学评论的写作渐成创意之风，这使得评论文字不仅附丽于文学作品，也越来越具有自己可供独立欣赏的美学价值，这是当代文学的光荣，也是阅读社会的幸事，让我们向文学评论的作者们致敬。

2008 年 12 月 26 日于北京

《创意阅读：中国文学名家新评》（聂震宁主编），
山东文艺出版社 2009 年 1 月出版。

辑二 为作者作序

忧患者的心迹

——中篇小说集《命祭》序

让朋友视为知己，通常被我们引以为人生的一件幸事。其实，认真想一想，未必尽然。倘若懂得珍惜知己的可贵，或许会为此感到惶恐。我们要问自己：这知己，是感情的融洽还是权宜之计？是真诚率直的交心还是宽容苟且的互相吹捧？是利益的考虑还是人生的追求？这些都是人生大意义的问题，真正弄明白谈何容易。可见，当朋友的知己是很费麻烦的。海峡文艺出版社要出版陈肖人的中篇小说集《命祭》，肖人兄邀我写序，他信中写道："我不在乎名家之言。我需要的是知己之论。你是知我之人。"当即我便感到既愉快且惶恐，惶恐的愉快，预感到要很费一番心思的了。但我还是乐意有这么一个机会，藉以检验我们之间相知的程度。

对于陈肖人其人的评价，喜欢他的人说是真诚率直，真诚率直经常跟大胆妄为连在一起，于是不喜欢他的人便说他胆大妄为。但无论前者后者，都会承认他是一个易激动的人，一个心中有话便如鲠在喉不吐不快的人。与他初交，我亦有同感。暗想：以这样的气质做人，自然痛快；以这样的气质做文章，自然舒畅；我便以为这是一个痛快舒畅的人。时间长了，又发觉，他不仅是一个痛快舒畅的人，也还是一个不痛快舒畅的人。人真是一个多层次的复杂体。他那痛快舒畅的后面，还隐藏着许多忧患，底层人的忧患。他为自己幼年丧父惟与寡母相依为命而伤悲。他为在农村度过的贫寒的少年时代而心酸。他苦笑着谈起上大学时饿极而与同学去偷挖木薯充饥的往事。谈起十年前拮据的家庭生活，有一次他下乡回来，正碰上孩子病重，一时间家里竟找不出一角钱挂号费，他会眼眶湿润起来。他爱母爱妻爱子。孩子被妻子责打，他跟我谈起竟痛苦至极。回想起女儿小时候因碰碎饭碗被他打过，他竟至落下泪来。我惊讶他竟有一颗如此善良柔弱的心。以这样一颗心，在社会生活和工作中，在人事纷争里，他更多的是唉声叹气，常有"躲进小楼成一统"之慨。对于社会的种种弊端，他那气愤往往是无可奈何的气愤。同他交谈，会感到沉重而忧郁。这种沉重和忧郁，有时也许源于自身的遭际，表现为一己的得失，有时也许具有社会意义的历史使命感，有时也许二者兼而有之，不能断然分割。然而，这毕竟是一个好作家应有的心理素质。不能想象，一个从事塑造人的灵魂，揭示人生意义的事业的人，一个用真诚的感情和灵透的悟性去影响他人生活的人，竟然会缺少一颗多愁善感的心灵，缺乏对社会对历史的忧患意识，一经是那么愉快地给生活披红挂绿，把适应现存的生活状况作为最高道德意义而沾沾自喜，最后还能够写出具有深刻的历史意义和人生意义的好作品来。《老残游记》的作者刘鹗说："灵性生感情，感情生哭泣。"他还说："《离骚》为屈大夫之哭泣；《庄子》为蒙叟之哭泣；《史记》为太史公之哭泣；《草堂诗集》为杜工部之哭泣；李后主以词哭；八大山人以画哭；王实甫寄哭泣于《西厢》；曹雪芹寄哭泣于《红楼梦》。"他把这些赫赫杰作都归为作家的哭泣，认为哭泣（忧患意识）乃是他们的创作的出发点和最高境界，这对我们是很有启发的。肖人也是会哭泣的。他的作品，便是一个会哭泣的忧患者的心迹。

自然，"忧患与生俱来"，凡人皆有忧患。然而，有人知觉，有人不知觉；有人忧重，有人忧轻；有人好忧，有人好喜；有人积忧，有人忘忧；到了作品里，也就各有情状。倘若那忧患者还是一个谨小慎微的君子呢，为了生存的利益和安全，或者不敢写忧，或者强颜作笑，那么他的忧患便成了无文学意义的忧患。倘若是一个真诚的人呢？那么，很显然，他的忧患意识便很可能沉郁在他的作品里，写悲剧则作伤悲愤懑的哭，作喜剧则发辛酸含泪的笑，即便歌功颂德，也能写出历史进程的艰难。陈肖人恰又是一个真诚率直的，或曰大胆妄为的人，于是，一本中篇小说集，《命祭》是对当代中国人民在政治大劫难中的命运的忧患；《举步》是对改革之举步维艰的忧患；《黑蕉林皇后》是"千林风雨鸟求友"的忧患；《斜阳脉脉水悠悠》是对社会阶层之升降，世态人情之炎凉的社会忧患。这里有外部力量造成的忧患，有灵魂挣扎形成的忧患，有由忧患而忧患（《命祭》《举步》），有虽抒情而忧患（《黑蕉林皇后》），有为忧患而造理想（《斜阳脉脉水悠悠》）。一旦我们被带进了这些作品里，或哭，或笑，或沉思，或舒心，或愤慨，或希冀，无论有多少种感受，那内中总有忧郁存在。我们为《命祭》中的老根叔一家在政治大劫难中不能自拔的命运而痛心，但这痛心不是号啕大哭的痛心，而是欲哭无泪的痛心，是痛定思痛的痛心。我们为《举步》中的李翔在改革中所遭遇的无端攻讦而愤慨，但这愤慨不是居高临下的英雄式的愤慨，而是压抑甚重以至无可奈何的愤慨。我们为宗相嫂这位"黑蕉林皇后"的心灵追求而庆幸，但这庆幸不是皆大欢喜的庆幸，而是引人掩卷嗟叹，体味了人生与爱情真谛之后的庆幸。虽然《斜阳脉脉水悠悠》不免有大团圆结局的俗套，然而我们仍能在整部作品里感到一颗如焚之忧心。由文而看人，肖人的忧患是压抑着的，沉郁着的，抑或说是很有点无可奈何的。易激动恐怕也只是他性格的一面，表层的一面；而善良、柔弱、抑郁，则是他性格的另一面，深层的一面。

不记得是哪一位哲人说过这样一段话，大意是：我们应当教孩子懂得哭，不仅在自己摔倒时哭，更重要的是当别人摔倒时，他也会哭。我想，读了这段话，对于我们的作家，要求他们为谁哭，就明白得多了。我们的忧患意识覆盖面越大，就越能包容人类意义，就越能具有历史感和超越感。肖人的《命祭》不局限在一人一家的生离死别的苦难里，更不把一个人的不幸简单地道德化地推到另一个的头上，而是对那场席卷当代中国的政治大劫难进行深刻的反思。他不发牢骚。他为人民的命运作祭。他告诉我们，历史的大难当头，几乎所有人都无法控制自己的命运，都是悲剧人物。较之大量的甚至是在全国风靡一时的反映"文革"劫难的作品，《命祭》是要来得深刻而博大一些的，这是具有历史使命感的忧患意识的成功。而相形之下，《举步》则要见绌了。李翔的怨艾，更多的由于他人对自己人格的伤害。在这里，某类人对改革的不满情绪已经消隐得几乎看不清了。故事宣讲着人格。人物忧患于道德。与同时期里的不少反映改革的作品一样，将这场严峻的历史斗争道德化了。历史是残酷的，道德是温情的，它们之间常常是二律背反的。尽管作品写了举步维艰的忧患，我们感到的却不是历史的"举步"，而是人生的（甚至是李翔的）"举步"，那维艰的忧患终不免有就事写事的狭小之嫌。肖人写作《举步》之前，《命祭》于后，对照一读，我不禁为肖人的思想深广程度的迅速拓展而惊喜。

肖人懂得忧患，却又不是一个悲观的人。他热爱生活，追求自然的美。因为热爱生活，追求自然的美，所以当并非美好的生活引起他的忧患时，他一方面写出那忧患来，一方面又以自己善良的心灵来弥补生活的遗憾，安慰别人也安慰自己。《斜阳脉脉水悠悠》是他的第一部中篇（此之前有长篇和大量的短篇）。市委书记的儿子凌波演了一出"始爱终弃"的戏剧。这"终弃"乃是社会阶层的"终弃"。也许在大多数读者看来是无可挽回了。这不是读者们冷酷，而是社会的现实经验冷酷。即便事有例外，进入作品则要有例外的理由。肖人太善良了，诚恳地劝他们和好如初，使弱小的泉妹不致毁灭，使得意的凌波不致堕落，让现实生活不致令人失望。他创造了一段佳话，一段底气不足而一厢情愿的佳话。他想补天，只是他这块炼石与苍穹似乎未能合缝。他又一反前态，写了《举步》。《举步》的步子是踏在实地的，写的是真实的感受。然而，只觉得那步子不够飘逸，也不够有力，那感受就不免沉闷，甚至流露出遁世的空虚消沉的情绪。这样，肖人那善良的心又不忍。他那充满了激情的胸廓憋得难受了。其后他没有再采用这种写法，而是来了个否定之否定，在较高的层次上回复了《斜阳脉脉水悠悠》的风格，写出了《黑蕉林皇后》和《命祭》。所谓较高的层次，那就是注意到了生活的严峻性和思想的深刻性。他把《举步》的优点也综合进来，加强了他们抒情风格的写实基础，那美的黑蕉林，以及黑蕉林里美妙的故事，令人一咏三叹，回味不尽，然而却不会让人感到不着边际。那潜逃的杀人犯韦吉的故事足以压得人喘不过气来，可是那最后慨然投案救"我"一笔，既震撼人心又使人感到可信。肖人已经能熟练地创造美了。他的心迹，不再是飘游在虚无缥缈一厢情愿的幻想的云端之上，也不再是淹没于纷争的世俗的尘土里面，他的心迹蜿蜒伸展在坚实而崇高的人生和历史的大山之巅，然后一直伸向人们的心灵。

一个作家要走进读者的心灵，采取的办法依然是心灵，他的心灵。读肖人的作品，每一篇或多或少总有动人之处，那便是他的心灵的颤抖。《命祭》的人物故事已成历史，但是，即便不从历史意义和社会意义方面去认识它的价值，我们仍能为人物的命运遭遇和心灵的痛苦所震撼。《斜阳脉脉水悠悠》其基本点就建立在心灵与人格基础之上。《黑蕉林皇后》简直就是一部心灵化的作品。即便如写得较实的《举步》，李翔夫妇间相濡以沫的感情，同样是动人的，这一描写使得我们对于李翔在改革中的遭遇产生出一种道德人格方面的愤怒。肖人的忧患意识、人生理想，都是通过那心灵的感动传导给读者的。依此他形成了以抒发人格之情为主要抒情内容的作品风格。他实现了我们民族传统对叙事文学的基本要求，那就是：以人情的感动达到事理的传导，"人情事理"。肖人的作品是具有民族气派的，是能为我们民族普遍的审美心理所容纳的。他找到了一条可以延伸拓宽的通道。他倘有潜力，潜能就在他那颗多愁善感的心灵里；他还会发展，动力来自他所处的现实生活的激流。

作为评介文章，我已经不宜再絮叨下去。肖人作品里的许多东西，尤其是那些不温不火的语言，情景交融的描写，情致细腻的细节，温和善感的人物，顺畅善变的情节（他学过戏剧编导，写小说时似有异峰突起的习惯，但并不多用），都需要读者们自己去欣赏，我不能多谈，否则便是剥夺了读者们作为欣赏主体去感知的权利。我只是尽力把一位忧患者的心迹告诉给大家，或许大家会沿着这条心迹去读他的作品。如果有更多的人成为肖人作品的知己者，我将十分的高兴。

1985 年 12 月于北京

《命祭》（陈肖人著），

海峡文艺出版社 1987 年 5 月出版。

高扬一面爱的旗帜

——中篇小说集《黑牡丹和她的丈夫》序

 我们处在一个纷乱的时代——当然，我指的是我们所处的文学时代。这是一个无序而又高频更迭的时代，一个躁动而又自以为是的时代，一个胜王败寇、占山为王，而又各领风骚三两天的时代。置身于这样的文学乱世，我们不但经常遭受着别朋弃亲的苦痛，更要时时冒着失却自己的危险。对于作家，没有比失却自己更危险的了。顺昌逆亡，在文学的历史上，必须以作家的不可替代性作为前提，否则，无论是昌还是亡，都是于文学本体无意义的。这是文学的ABC，这是文学的最高机密，乱世使我们常常昏头昏脑地忘掉它们。

 我与王蓬当属乱世邂逅，同学于鲁迅文学院第八期和北京大学首届作家班。不知怎样的一种缘故，数十位青年作家聚集近五年之久，既无同化的喜剧，亦无胜王败寇的悲剧。我行我素，自行其是，是每一个同学保护自我而又尊重别人的公约。虽在京畿之地，邓刚依旧游泳于《迷人的海》，赵本夫依旧考察着《祖先的坟》，朱苏进的《第三只眼》总也冷峻深邃，而刘兆林的《雪国热闹镇》还是那般温情脉脉。陈源斌的灵气，姜天民的英气（天民学兄英年早逝，愿他的在天之灵安息），聂鑫森的古气，蔡测海的巫气，张石山的豪气，李叔德的怪气，简嘉的兵气，孙少山的土气，储福金的秀气，甘铁生的爽气，乔良的才气，查舜的正气……竟然也能气味相投。大家也乐于相投，目的是润泽各自的灵性。同窗共读，启迪的却是各异的创作。偏激是必要的，无偏激难有个性。求同则未免可笑，求同则取消了创造。我得说这是一个幸运的集体。于文学的乱世之中，大家都能互敬互重地开着各自的奇葩。

不用说，王蓬也开出了属于他的奇葩。

我先得承认，对于王蓬的小说成就，我曾一度不是很有信心。原因很有意思，就在于他对所有同学的创作都说好，都著文介绍。不仅同学，言及陕西，则必称贾平凹如何，路遥如何，陈忠实如何，京夫、邹志安如何，一派溢美。我也是得了他笔墨好处的，却不曾领情。我以为他把此类文章做得过于认真，过于友善和宽容，缺少一个作家应有的孤绝和爱憎。我从这些文章中看出他似乎不甘于孤寂，因此疑心他也染上了我们这个时代的流派沙龙病。那么，他的创作也就大概难有独创且行之不远。

事实上，我对王蓬的担心乃是一次杞忧。四年多过去，王蓬既不曾泯灭他的个性，迟钝他的感觉，散漫他的追求，放弃他赖以生存的鲜活土壤，却又藉着他对文学世界里种种现象的扫描，开阔了视野，拓宽了思路，丰富了表现力，强化了自己的素质，进而成就了新的创作。他的短篇小说《沉浮》震动了同窗们，长篇小说《山祭》引起了文坛的关注，一部部中篇小说又凸现于我们的眼前。这些又恰是非耐得住孤寂而不可能做得出来的。

随着与他相知渐深，我才理解，他的那些替同学评功摆好的文章，乃是他交友的亲和举动，并不能证明他的文学态度。他来自陕南山地，秦岭和大巴山的孤寂养成了他好客好结交的热肠，刺激了他进入更广大人群的欲望。山里人的热肠与欲望造就了他的一颗爱心。也正是这样一颗爱心成就了他的为人和创作。

爱心不谈久矣！没有比今天的文学更缺少爱的了。多时以来，每论作家，或谈忧患或谈灾难，或谈文化意蕴或谈历史视野，或谈灵性或谈才气，或谈玩文学或谈老庄禅境，就是无人愿谈爱心。仿佛为了爱的文学必是浅薄庸俗之作。这是一种时代病。呻吟痛苦标榜深刻不是一个人一个时代健康的表现。事实上，文学大厦有无数通道可入，一切人生的深切体验都可能成为作家的出发点和归宿。为恨而写、为思想而写与为爱而写，谁也不比谁浅薄和庸俗。

沈从文先生的创作便高扬着一面爱的旗帜，并不影响他在国内外享有盛誉。以至于无论持何种文学观念的人都不能否定他是学者、文学家兼文体家的一代宗师，一个站立在世界面前的大写的人。王蓬于此深有感悟。他在北京求学期间，并不曾叩过哪位文学界评奖权威的门庭，却专程拜访了一生甘于孤寂的沈从文先生。听王蓬讲过他还专程拜访过另一位善写情谊友善的大作家艾芜先生。那么，我认为这是一位有爱心的后生作家在向大师的爱心趋同和致敬。

　　王蓬近几年来的中篇小说主人公都是女性，也可以说，女性主人公大都是他倾注爱心的对象。她们都生长在陕南。陕南是王蓬的第二故乡，是他从十岁之后就倾注过梦幻、希冀、汗水和爱情的热土。于是那些女主人公们便也成了他的姐妹。王蓬告诉我，陕南素来是出美女的地方，譬如"烽火戏诸侯""一笑倾国"的褒姒女便出自陕南，汉水便有一支脉流称褒河，蜿蜒于陕南的青山秀峰之间。他还告诉我，陕南的女子十分多情，那是因为地理的封闭使得她们的春情不易浪费，一旦宣泄，便势如出闸之春水；陕南的女子十分柔弱，这并非她们天生一分西施之病，而是因为单纯的生活养不出现代都市女子的狡黠和强悍。于是王蓬便也十分多情十分柔弱地对我叹息，陕南女子太多情太柔弱，造成了她们的易轻信，易痴情，易迷惘，易忍耐，易缄默，一句话，易受伤害。王蓬爱他的陕南女子，不独因为她们是褒姒女姿色相因的后代，更主要的还是因为这是一群易受伤害的多情而柔弱的孤独姐妹。牛牛姐姐在《第九段邮路》上缄默地忍受，痴情地守盼。丫丫的激情岂止是《涓涓细流归何处》，简直就像汉水春泛一般，以至于现代社会的儒生们没有那一分真诚那一分勇气去承受。《黑牡丹和她的丈夫》在世俗的婚姻替代不了这女子对于生命的追求之后，爱的饥渴驱使她从一位奇丑无比的豁嘴男人那里掘出了生命之泉。玉凤和宝凤的《姐妹轶事》乃是山地女子的纯情在现实尘世的遭遇故事。杨晓帆的《小城情话》叙说的则是一位现代痴情女子的企望、抑郁和焦虑。无论是古代的传说还是现实的故事，这些陕南女子都仿佛一母所生，贯通古今，无一不多情，又无一不孱弱，无一不曾受过伤害，又无一不善忍耐。她们缄默。她们默默地舔着身上伤口的鲜血。她们无一不是绝望的孤独者。

由此，我们也就应当悟识并相信王蓬的一片爱心了。他爱得痴情，以至于不曾言及他的陕南女子们的微瑕。他爱得深切，以至于能把笔锋透进那一个个纯净无邪的女性灵魂。他爱得决绝，以至于把全部的同情只倾注于他陕南的姐妹。他自觉不自觉地充当了陕南女子的守望者。我为此曾和同学们开过玩笑，说是要当一回风雅的窃贼，切勿到陕南去，当心王蓬与你们拼命。大家便都哄笑起来。王蓬就红了脸讷讷地说些不忍心伤害那些多情孱弱女子的话，完了，小心翼翼地看看四周的面孔。

但生活终究是在变化，尤其在京华之地的几年学习中，王蓬诚然也发生着变化。这样也就在他的小说中显出了复杂与矛盾。他早先固守的阵地分明地发生着动摇，另有一些本不属于他却又在强化他的东西滋生了出来。在他的小说里，企图在陕南演出始乱终弃的男人们，一方面受到他的谴责，另一方面他又分明在肯定其中合理的成分。即便如画家老苏之于丫丫（《涓涓细流归何处》）完全出于一个现代儒生的迂阔和一个山野女子近乎鲁莽的率真而造成的悲剧，王蓬既谴责着老苏的迂阔，又对因为老苏而给丫丫生活注入的新鲜东西不无赞赏。至于《姐妹轶事》中，这种矛盾就更为明显。离异的最初责任尽管在于被政治蒙骗的女子，一旦她幡然醒悟，王蓬便对她充满同情，尽管他也十分清楚，未来的生活绝对地属于石海明和玉凤，他们的结合才真正体现乡村发展的前景，由于作家本身过于眷恋宁静得有如中世纪田园的氛围，给人的感觉是他从情感深处抗御着一切破坏这种田园静趣的外部力量，无论它们有益于人类社会的进步与否。也许我们可以认为他笔下的一些男性对于封闭生活的纷扰是合理的，轻易便能从现代意识中替这种合理性找到依据。然而，意识的标准在这里不能产生真正的文学评价。一般来说，对于情感型作家，我们不能与他纠缠于形而上，人与人心灵的交流并没有清晰的线路、准确的接点。对于王蓬，我宁可更多地谈论情感，而不是（至少不主要是）谈论观念和意识之类。因为王蓬可称为一个标本式的情感型作家。

王蓬的情感体验是细腻真切的。读他的作品，尤其是读这六部中篇小说，我时常惊讶他的敏感，他的善解人意。对那些陕南女子，他称得上是体察入微了。即便在他的那部尝试性的作品《蓝衣少女》中，对那位远在欧洲的金发碧眼的外国女子，也可以纳入以上范畴。黑牡丹对她的丈夫，对豁嘴的那些感觉，丫丫与画家老苏的缱绻之情，玉凤、宝凤姐妹性格的微妙差异，杨晓帆的温文尔雅，乃至作品中几位男性在接触异性时的种种心绪，绝不是一个情感粗疏的作家所能体察得到的，也绝不是一个性情浮躁、耐不住孤寂的作家所能表现出来的。我想王蓬写作这些小说时，他的内心一定十分宁静，他的情感一定完全进入，所谓物我两忘之境，大体他是获得过的。尤其令人叫绝的是《第九段邮路》里许多微妙真切的感觉。大热天，穷苦的牛牛姐还穿着棉袄去背柴，她在山路上解了衣扣歇息，裸露着白生生的胸脯，恰巧被年轻的乡邮员"我"碰上，这时候，"她本能地用双手紧紧按住掩合的棉袄，羞愧万分地望了我一眼，就赶紧深深地低下头去。啊，那是怎样的一眼啊，那一眼包含了多少复杂的内容：有少女被陌生男子突然窥见了某种秘密时羞愧怨恨的神气，有对穷愁艰辛却又无可奈何的处境沉郁怅惘的忧怨；甚而还有像被屠杀的羊子临死前，可怜的，满含乞求的一瞥……"多么微妙而丰富，多么细致而真切！好像王蓬观察和再现的不是别人的心灵而是自己。或许正因为如此，他的笔下才有了许多细腻真切的细节，有了行云流水一般的意态。经验在他的笔下自然熟道，感觉在他的纸上左右逢源。

王蓬的情感内涵却又是宏大的。他的爱心不仅在于陕西女子和男人，养育了纯情男女们的陕南山水。应该说，这二者原本是一体的。他表现的是一个个具体的生命。生命的准则全在于自然。因而，他不曾忘记表现自然。他竭力描述小说人物所处的种种自然景观，一种人格化的自然景观，一种有目的的自然景观。人格便是陕南女子的人格，目的则是王蓬的全部情感。

他的秦岭与秦岭深处的女子是一致的色彩斑斓，温柔敦厚；他的汉水与汉水边的女子是一致的舒缓明净，催红生绿。于是也就有了他舒缓明净、温柔敦厚的文章。他不愧是秦岭汉水的赤子，堪称自然的精灵。

否则，他怎么能在大山里感受到"一种捉摸不定的声息，说不清是风在吹，水在流，树枝在摇曳，还是大山在呼吸……"他怎么能从"树叶、花瓣、草尖和长在沟边的野向日葵全沾满了晶莹的露珠"的景致中觉出"分外惹人怜爱"！他画女子的肖像，便说："黑白分明的眸子睁得很大，水汪汪的，简直像一汪刚从石崖上渗出的清泉，无一丝尘埃，无一丝杂染，与这青青的山峦，绿绿的丛林保持着一种和谐。"即便男女做爱，他也不曾忘记让他们与自然融合，竭力去显示这一自然过程的辉煌。画家老苏与黄丫丫在"蒸发一种暖洋洋的气体"的山野里，嗅着"野草野花吐放着熏人的芳香"，在"一阵山风掠过，所有的树木叶子都发出沙沙的颤栗"的时刻，掀起了"一场感情的暴风骤雨"。腼腆拘谨的牛牛姐姐同年轻的乡邮员"我"，在躲避山地的骤雨时生出了骤然而来的云雨之情。尽管这里不幸地雷同于他的另一部作品《玉姑山下的传说》，却也看出王蓬追求人与自然的和谐是何等的不顾一切。及到黑牡丹和她的丈夫第一次交媾，王蓬索性明白地写道："仿佛与斑斓的山野溶为一体。"

一体！人与自然的一体性，正是王蓬逐渐达到的文学境界。他的情感的宏大由此造成。这也正是他区别于一般的俗文学的情感型作家的重要标志。文学界老前辈、短篇小说巨匠王汶石曾在《文艺报》著文称王蓬为"描写山区风景风俗画与山村女子的能手"，应该说他当之无愧。而又恰是这二者成为他最好的移情对象，成就了他作为一个情感型作家的丰富性。

王蓬的情感意蕴还呈现为一种动态。求变是我们这个时代崇高的精神。崇高又往往容易趋向庸俗，求变便同时是我们这个时代庸俗的风气。王蓬在鲁迅文学院时曾有《变化中的生活与变化着的我》为题的创作谈发表，也曾不时有新时髦的服饰在同学中发表；他曾以丰富流动的心理描写的《沉浮》在《小说选刊》很好地浮了一阵；也曾有过诸如《雨后，阳光格外灿烂》一类矫揉造作的洋里洋气的标题灿烂于刊物。因此我对他有过羡慕也有过怀疑，怀疑他将在时尚的求变风气中由浑身土气变成浑身俗气。我曾笑他"引导服装新潮流"，语藏讥讽。他只是红着脸回笑。我们并没有因此而交恶，这是他心地善良宽容的结果。

于是，我又暗暗羡慕他勇于求变的锐气。因为我是一个畏首畏尾的人。数年过去，那些时装与他已浑然一体，而文学创作上因为求变而出现的矫揉造作也渐渐地被不乏新意的自然熟道所代替。王蓬作品的变化尽管平缓，尽管温吞，尽管全然不像他在时装上那样具有革命精神。然而他不造作，不虚妄，不哗众取宠，不曾迫使鲜活的生活向抽象的观念奴颜婢膝，无论这些观念如何新鲜，如何高深。

当我们为《第九段邮路》和《小城情话》未脱他人窠臼而稍感遗憾的时候，《涓涓细流归何处》和《黑牡丹和她的丈夫》立刻就让我们感受到了颇具新意的丰美情景。这里似乎没有了传统意义上的好人坏人，没有了"饭是可以吃的"道理，恶善浑然于文化形态之中，美丑之间难以作泾渭式的界定，世俗的道理在这里只能休息，人类的自我认识和情感体验是他们主要的价值所在。这一变化使得王蓬的小说更具备了现代小说的品格。他并没有损失掉自己小说素有的原生之美，这是许多传统型作家在向现代型演变时通常要遭受的不幸。总体来说王蓬是幸运的。他没有放弃引人入胜的故事，只是更任其自然，隐蔽了作家的期待视野。他的人物一径如现人前，只是更为多面具体，弱化了单一的因果关系。他不曾避免强烈充沛的人性特质。他的笔触益发浸渍于人性之中。他敛起求变之初的浮光，不论它多么令人炫目。他壮大了自在的自己，使得自己日渐成熟。自在的王蓬大体是一位不平则鸣的农民，成熟的王蓬则是一位替农民鸣不平的现代作家。关联这二者的是理解，一种被百千溪流浇灌着的理解，一种大智若愚者的理解，一种视万年乃宇宙一瞬的理解。

如此，爱心也许有所消解，但消解的只是稚嫩。敏感也许有所阻滞，但阻滞的只是自怨自艾。消解了稚嫩的爱心会更宏大。阻滞了自怨自艾的敏感会更有意味。一个情感型作家的成熟正是由此而获得。

王蓬约我替他的这部中篇小说集作序，我是犹豫着应承的，也是犹豫着写到了这里。我所犹豫的是，他到底出于怎样的考虑选拔了我。莫不是因为我俩的家庭都曾为了不公正的政治待遇而遭受过迁徙，他家于西安而陕南，我家由南京而桂西。莫不是因为我们俩都曾在农村吃过苦？我曾奄奄一息让农民用牛车送往医院，他曾被石头压伤至今腿脚仍有隐患。莫不是因为我们俩每当同学间发生抵牾乃至以老拳啤酒瓶相向时，必定都去维护弱小者、怯懦者，无论他们理亏与否。或者是因为他挺喜欢向我描述往昔的艰辛，也颇喜欢听我倾诉我所有的不幸，而每当如此这般，我们都会觉得不亦快哉。

也许还有诸多的原因。但我相信，所有的原因都会与情感有关。因为他在信中说了是纪念同学一场。纪念当以情感为主，祛除了情感的纪念就会枯萎成历史的记载和理念的演绎。因为他的作品大体是关于情感的故事，高扬着一面爱的旗帜，并不是关于宇宙大道理的演述，也不是那种扯着自己的头发离开地球的梦幻。对于这些，我自以为我也无能为力的。而关于爱，关于情感，尤其是那种需得用心灵去体验的爱，那种符号化程度还不太高的情感，我相信要与王蓬取得一定程度的相通是完全可能的。有了这个必备的情感同构作基础，我想我的灵魂便不会在王蓬的作品里冒太大的风险，而当很多关于宇宙、关于魔幻、关于本体、关于意识层次、关于弗洛伊德的大道理已经被人狠狠地说尽之后，我还可以从他的作品里生发出一些话，一些有感而发的话、真诚的话来说说。正是出于这样的考虑，我才有信心，作完了这篇小序。

愿真情与我们同在。

《黑牡丹和她的丈夫》（王蓬著），
漓江出版社 1990 年 10 月出版。

长篇历史小说《大对抗》序

　　黄继树先生不矫情。写小说犹如做人，他要的是质感与本色。他不安排虚境，不事光的渲染，色的点缀。他不耽于抒情，不迷恋咏叹调和华彩乐章。然而，如果以为他是一位冷静的历史学者，并且深信他关于桂系军阀史小说写作的成功乃是因为以历史学者的观察替代了小说家的虚构和文人的抒情，那就不免要犯缘木求鱼的错误。巴尔扎克自称为法国历史的"书记员"，并不能从根本上说明他作为小说家成功的原因。文学作品的成功，从本质上看必须首先是文学本体上的成功，然后才可能是政治学的、哲学的、历史学的、经济学的、社会学的、伦理学的等非文学因素的某些贡献。这绝不是什么独得之秘。这是人所共知的文学原理。面对黄继树先生的长篇历史小说《桂系演义》，以及这部从《桂系演义》截取、衍生出来的《大对抗》，在我们发现其中摒弃了浮光丽色、浅吟低唱、当哭长歌、煌煌大论之类浪漫情调之后，仍然会认为是文学的胜利。它属于别一种文学追求的胜利。这种追求我称之为对质感与本色的追求。在众多评论考据了这些作品史实的准确性，阐释了这些作品历史和政治的意义之后，我愿意从文学的意义上发表一些观感。

黄继树笔下的历史人物不矫情，李宗仁不矫情，白崇禧不矫情，蒋介石也不矫情。这不是对历史上人物的评判，遍观正史野史，哪个一代枭雄不曾以矫情骗取人心和天下！作者对李宗仁有所偏袒，历史上的李宗仁难道就不曾诚朴与矫情兼具？请看书中李宗仁竞选副总统时的表演，丝毫不亚于演技派明星的天才杰作。我要说的是作者对这些人物的刻画不矫情。虽然人物的言语行止有史实作依据，但依据之上的描写刻画则是天降于作家的大任。作家的笔触有自然与矫情之分，有真切与虚饰之别，有粗陋与精细的比较，有深入与浮浅的差距，这是作家纵横驰骋的一块无际无涯的原野。黄继树笔下的主要人物，言行恰如其分，心理准确可信，思想随时势有所变迁，性格随情节有所发展。作者难免有所喜恶，有所褒贬，有所向背，有所取舍，然而一切来得适时，去得正好。褒诚者不隐其诡谲，贬奸佞欲扬其微善，以生活为依据，以准确为准绳，以取信于读者为目的。这是一切优秀的历史小说不可或缺的基石，远在明代的《三国演义》和远在大洋彼岸的《战争风云》（美国赫尔曼·沃克著）可以做成这一观点的注脚，近在眼前的《大对抗》也可以加深我们对这一观点的理解。

黄继树对笔下的历史故事注入了几缕情感，这情感不矫情。蒋桂之争，权力对抗，从政治本质上看，是一个政治集团内部的厮杀，四周是罪恶，作者情注何方？然而抽象的本质分析不能代替具体的人物关系的理解，更不能解释读者在欣赏文学作品时的感受和领悟，对《三国演义》拥刘反曹倾向的褒贬，可以做成考据文章，帮助读者了解作品与历史的关系，却不能形成对作品本身实际的鉴赏。不知道黄继树是否愿意承认，他显然地情系桂系。这不独是因为他是广西人氏，乡情造成他对家乡的子弟家乡的兵马有所挂牵，作品中此等情感无处而不浸润，也不仅是同情弱者的平民心态，支持犯上作乱者的逆反心理所能解释得尽的，这也是作者写作时和读者阅读时自然会持有的一种审美常态。这里用得上本质论的认识方法。桂系反蒋，一定程度上具有反抗独裁的意义，其客观效果有利于当时中国的民主运动，有利于中国共产党和广大人民推翻反动政权的斗争，有利于中国现代历史向前推进。我想，作者是意识到这些历史意义的。然而，作品并没有就此成为意义的传声筒，更没有为此而造情。作者平实地去写，不强调客观的意义，不声张主观的情感，甚至不故意引导读者去理解、去体验、去作取舍褒贬，而是让他们过足了故事情节的瘾，玩味了人物性格心态之后，有所感慨，有所思索，有所领悟，有所喜恶。唯其是"有所"而不是"必须"，因而亲切。并不像我们通常所见的许多历史小说那样，意义十足，真理在握，对着所谓忠奸善恶大悲大喜大哭大恸，雷鸣电闪，空谷回音，宇宙震撼，其实村俗。

　　有了上述的几处基点，读者诸君对于即将读到的《大对抗》是怎样的一部书，想必已是心中有数。我作为编辑者，已不宜过多地饶舌，否则便是剥夺读者鉴赏的自由和愉悦。这里只是还要加以说明的是，也许我们会在历史小说和纪实作品的界定上对它产生疑惑。其实，二者之间并没有隔着楚河汉界。我们珍重的是它好看耐看，帮助我们了解一段历史，又认识几种人生，还有许多人物故事、掌故、细节的乐趣。如果实在要我出来说个明白，那么，我愿意这么说，《大对抗》既有充分的纪实基础，又具有足够的小说因素，这是一切优秀的历史小说不可或缺的基石。

　　　　　　　　　　长篇历史小说《大对抗》（黄继树著），
　　　　　　　　　　漓江出版社 1992 年 3 月出版。

诗文选《心醉神迷游桂林》序

　　东方传统崇尚自然，西方传统崇尚人为，这是东西方古代文明的不同点之一。不同的文明造成了不同的文学特质。于是自然的伟大成就了中国古代文学的辉煌。"关关雎鸠，在河之洲。窈窕淑女，君子好逑。"表现了自然与人的一体性。"日暮乡关何处是，烟波江上使人愁。"印证了自然可以激发人情感说法。"感时花溅泪，恨别鸟惊心。"描绘了人与自然有一种内在的感应。"今人不见古时月，今月曾经照古人。古人今人若流水，共看明月皆如此。"自然景观可以做成人类理性态度的象征。至于人类与自然互相抚慰、互相拥抱的诗句和美文，更是俯拾皆是。最接近的例证就是收入本书的清代著名诗人袁枚吟咏桂林山水的诗歌。这位首创性灵之说的随园老人，倘若没有拥抱自然的情怀，断然生不出"分明看见青山顶，船在青山顶上行"这般亲切的诗句。我们民族优秀的文人们是极愿意接受自然精神的支撑的。岂止是愿意，简直是一往情深；岂止是接受支撑，他们更企望融合，企望无物我之分，达天人感应。自然使他们灵动，自然又使他们虚静；自然使他们素朴，自然又使他们多情；自然使他们纤细敏感，自然又使他们胸襟博大。"竹林七贤"之一的阮籍为此作了宣言：以"天地为所"！中国历史上第一位最伟大的田园诗人陶渊明为此而发出召唤："归去来兮！"这召唤响彻古今。

热爱自然，崇尚自然的传统一脉相承至今，于是便有了桂林旅游文化的发展，便有了我们这本可爱的《心醉神迷游桂林》的小册子。面对一本好书，我们可以说它深刻，可以说它厚重，可以说它悲怆感伤或者幽默旷达，然而唯有可爱，最容易使我们对它生出亲近感。我说这本小册子可爱，是因为它生长于桂林山水之间，可爱的景致提供了它可爱的资质。说它可爱，是因为它的作者们大都以青山养性，以绿水慰情，性情从笔端流出，饱满而温柔，造化的种种奇异，人生的缕缕感觉，全做成了对山水的流连叹赏。说它可爱，还因为书的编选者把桂林城区的风情、城郊十六景观乃至环绕桂林的十县风光，无一遗漏地汇集于书中，没有充沛的热情和认真的工作态度，是很难完成这个不大但颇为繁琐的编选计划的。我感觉到，他们简直是伸开了双臂，热烈地拥抱着这片奇山秀水。

从文学鉴赏的角度而言，我以为这本书尤为可爱的一点还在于所选作品大都灵性各异、情趣不同。大自然给予我们的一个重要启示便是不重复。"凡物各尽其性"的说法便是最好的说明。我素来不是太喜欢韩愈描绘桂林山水的那两句著名的诗句："江作青罗带，山如碧玉簪。"尽管它们业已被用作对桂林景致最便当的介绍。理由就在于，这一描绘接近于一种无生趣的简单，一种窒息想象力的凝固。桂林山美有趣，正在于山形各有奇趣，岂能够一把碧玉簪以蔽之。说到底这位唐宋八大家首席是因为不曾亲历其境之故，遂犯了简单化的毛病。当然，比喻总有缺陷，概括总有损失，不必过分诘难。这里要借以证明的是，本书中所收诗文的灵性各异、情趣不同是多么可爱。同一景观，编选者都安排了几篇诗文，横岭侧峰，远低近高，用心非常有趣。而作为作者，倘若不注重独立的创造，不表现各自的性灵，当然也就不可能实现有生命的创造。创造也许有高下之分，也许有文野之别，也许有过犹不及之虞，然而生命，独立而高扬性灵的文学的生命，都是断然不能放弃的。正因为有了这一个个鲜活的生命，才会有了现在这般各尽其性的不重复。而正因为有了不重复，我们才会既陶醉于唐代李商隐的《桂林路中作》，也迷恋清代袁枚《由桂林溯漓江至兴安》，今人周邦先生才敢于在唐代柳宗元的《訾家洲亭记》之后来上一篇《訾洲幻古》，我们也才会感受到毛荣生的隽永和李超英的至情，领略到郑柳德的丰厚和全政红的简洁，品味到彭匄的情趣和苏理立的质朴，欣赏到骆绍刚的潇洒，才不至于将周昱麟与其兄周昭麟混同。

　　我没有时间也没有足够的篇幅，更没有必备的经验和能力来把书中的所有作品逐一鉴赏，这是十分抱憾的。不过，我以为，对于文学作品，亦如对各种自然景观一样，不宜用一个词、一句断语去圈定它们。作品一旦诞生，便是一个独立的存在，一个作者仅仅可以看成一个导游，引导读者在他指示的生活情境中游赏，景点是一个，观感却可以不计其数，诚如本书一样，抢先下断语实在是一种冒险。对于这些纪游观感一类的诗文，尤其强调各有眼光各有位置各有胸襟，就更不能互比高下了。作这篇笼而统之的小序已属一种冒险，岂敢不知好歹地造次下去。还是请读者顺着编选者指示的线路，信马由缰、择其所好去游赏吧，如此方合乎自然的真精神。

诗文选《心醉神迷游桂林》（周昱麟编选），
漓江出版社 1992 年 6 月出版。

《1991年散文年鉴》前言

　　历史书是如此干瘦,三位一体的时空里演出的纷繁无比的人与事,必定被它干瘦成一章一节一段一句。历史书是如此残忍,历史事实那丰满鲜活的血肉之躯,必定被它放血剔肉,大卸八块交给后人,所剩鸡零狗碎之物则被抛撒于荒郊野外。历史书是如此颟顸,对无数微妙玲珑的事实常常视而不见。历史书是如此色弱和鼻塞,除若干后人所需要的主流意义,奇香异色通常不能引起它的兴趣。于是,叙述学的看法是,历史只是一种叙述,历史学是灰色的。关于文学的历史总结概莫能外。岂止概莫能外,简直是更有甚者。一部中国文学史著作,就能够把群星灿烂的唐代诗歌干瘦甚至剔剐成李杜韩柳若干人,而那部《全唐诗》终于让我们感慨自己所知唐人才子仅二三,历史的埋没竟是如此无情。我们身历其中的当代文学,正在鲜活地生长着的当代文学,许多鸿篇巨制的史论已经让我们遭受别朋弃亲的苦痛,遗珠之憾几成失珠之恨。

　　然而，历史总结又是必要的。因为它的任务是阐释意义昭示后人，探索规律指导来者，记叙那些能证明意义和规律的正反事实。即便真诚如太史公，也不可能不分王侯与布衣，记下当时的全部故事。即使发达如现代全息摄影，也不可能钜细靡遗地记下现时的一切神形。事实上也没有这个必要，否则便是强人所难。前面我们对历史学的疾言痛声，其实只是一个不平者的牢骚，并不是科学者的态度，如果我们还承认历史研究仍不失之为人类认识人世之兴替、天地之演变的一种方法的话。

　　今之散文，已成盛况。盛况的结果之一便是多样化。然而，对于盛况的反映，到了史学家手中，必定简略成几位大家、若干名家，同时消失掉众多各具特色的作家，无论他们如何妙手偶得。我们窃望将别朋弃亲的苦痛减弱一点，把遗珠之憾减轻一些，而给更多好作品的保存以相对平等的机会，给此后的文学史以稍微丰满鲜活的血肉，于是想到了编选和出版一部类似于作品选的年鉴。为了减少偏听偏信的失误，首先邀请首发作品的各种报刊推荐，而后约请若干散文创作和研究的专门家评选。作品选之后配以有关理论资料及全年国内主要报刊散文作品目录索引，便于研究者日后查索。自然，既然不能做到一年散文全编，既然不能让全体散文作者、读者来进行投票表决，遗珠何止一二，偏颇在所难免（即使公决也不能保证不会偏颇的）。一种方法，无论多么科学，难免同时有多种缺憾。许多种还算科学的方法才能汇合成人类对世界接近于真实全面的认识。我们不敢自以为是，更不敢狂妄地君临散文世界。我们只是希望，人们能承认这部年鉴还不是太干瘦、太单调，不曾剔除太多的血肉，不曾置太多的微妙玲珑的事实于不顾，还不算色弱和鼻塞，而的确算得上是一年中五颜六色的散文世界一个同样五颜六色的缩影，选取了鲜活的生命。如能是，全体评委和编者将感到异常的愉快，一种长时间的，不因为时间的流逝而枯萎的愉快。

《1991 年散文年鉴》，
漓江出版社 1992 年 7 月出版。

诗集《走进人生》序

韦照斌先生是我的老师。老师命我为他的诗集《走进人生》作序，大约目的是纪念师生情谊。

文坛曾盛行称师之风，后生称长者为师，出道晚者称出道早者为师，业余作者称编辑为师，尊敬甚或有所求而已，与师从无涉。时到今日，师道渐衰，许多年轻人已聪明地避免称师，窥探此中隐秘，无非为的是免得日后成了天才奇才，耻以为某人某人的学生，造成改称的尴尬。曾有那策划出书出道的小老弟，为有所借重而称我为师，但不称"聂老师"，称"震宁师"，这是为了方便日后改称"震宁兄"。果然，随着书出道出，自觉地位升高，他便将我由师而降为兄。当然，这并不影响我与这样的小老弟继续保持良好的双边关系，只是想来觉得有趣。至于我称照斌先生为师，则大体与文坛师道无关。他是我念书识字学校的老师，也就是说他是正宗的老师，无论我们自己怎样变大或者缩小，这样的老师你得永远叫下去。

60 年代，我在宜山县中学上学，照斌先生就在那里任教，但不是教我所在班级的课。有同学悄悄告诉我，那位个头不高而且通常是沉默的老师在报刊上发表过诗。于是我隐隐地激动了一下，因为那时能将自己的名字见诸报端，哪怕只是在什么地方变成铅字，都是令人感到了不起的。我遗憾地想，他怎么就不是教我们班的老师呢！我只能远远地、好奇地注视着。后来，县里搞中学生文艺会演，学校组织学生编写节目，照斌先生是这次编写活动的指导老师，我这才真正成为他的学生，这时我已经远远地注视他两年多了。

那一次韦老师选中了我的涂鸦之作，是一个话剧本。想来写得必定幼稚无比，因为后来经他改定的演出本已经面目全非。不过这似乎没有太刺伤我作为原作者的自尊心。当时我兴奋于能与韦老师对话，很真诚地满足于"重在参与"。这是老师与我的第一次授业，它的全部意义在于他授予了我此生一个作家梦。尽管此后的人生里还做了各种大梦小梦，惟有此梦做得最深最长，三十年一觉，到如今不能梦醒，也许从此不醒，将要与人生大梦一起做下去。

我与老师的第二次授业，则是在我成了插队知识青年而他已是县文化部门的创作干部之后，距离第一次已是 6 年。这 6 年里，我们都经历了"文革"最初的暴风骤雨般的动乱。老师的损失极为惨重。有一次，被几个狂热的造反派同学无端地用铁器击破头颅，血流如注。我是众多的目击者之一。我像在场的绝大多数同学一样惊愕而恐惧，当时居然还很迂地忽然想到：还能写诗吗，这颗满是鲜血的脑袋！因为抢救及时，保住了老师的生命，当他那张面孔因失血而苍白，神情格外凝重地出现在校园里时，我惭愧地避开了他。尽管此事与我无关，但我觉得老师对我们这些学生一定憎恶到极点。直到我已经不堪于插队知青生涯，有了用文学创作去作回城就业敲门砖的企图，而老师已成了当时县上所有青年业余作者的老师的时候，我才鼓足了勇气从山村投函认师，并附了几首诗作请教。他还没来得及给我回信，先就在县文艺刊物上发出了我的一首短诗。这是我平生第一次发表作品，惊喜莫名。接着老师便有信来，信写得平和且平等，一如老师的个性。后来又有了辅导性的谈话，其后又让我参加县里的创作会议，推荐我出席自治区的创作座谈会，如此等等，均为平生头一遭。虽无辉煌可言，而且今天看来，由于时代的局限，于文学本体意义也许接近于零甚至某些方面还是个负数，然而对于当时的我，一个接近于颓废的青年，一个在人生边上对自己的精神和物质的生存方式作最后一次寻求的感伤青年，其人生意义是显而易见的。我的人生与文学之车获得了一次根本性的启动和推动。

在后来的很长一个时期里，我与老师常常相伴而行，请教从此便捷，教诲无时不有，而尤以人生之道修身养性，老师对我影响颇深。老师乃认真之人，在我这样的后来受了各种染色畸变的后辈看来，他的认真有时几近于迂。他视文学为神圣之事。即便是绝对不入流的乡野文人的文学聚会，只要应邀出席，他也表现得庄重有加，谨言慎行，更不必说正儿八经的文学研讨。他视治家为人生大事。70 年代时他就有往地区、自治区升迁的机会，为住家计，为夫人工作便利计，他说放弃便放弃了。他视人际交往为严肃之事。一个江南县上的业余作者，与他从未谋面，竟能同他保持十余年的联系，据我猜度，他并不能从那人身上获得什么文学功利上的帮助或者生活上的什么利益，大约是人家愿意与他交道，他便不肯无端地冷落对方。试想，学生我能够做到吗？我入了文学之门，可是很快便厌倦文学上的红白喜事。极懒怠参与那种称我为师或者我称他们为师的文学沙龙。竭力回避一些放浪形骸的创作笔会。每每看到做文学梦愈痴迷者我愈烦厌，不免亵渎神圣。我年届不惑，方注意爱惜家庭，自觉醒悟太晚。我之与人交道，虽无害人欺人之心，但不绵长，缺少应有的闲笔闲趣，有事便热气腾腾，无事便平平淡淡，欠信债一年近百，很有功利主义势利眼的嫌疑。或许生性宽容的朋友认为我在此自谦，在他们看来有时我也未必如此不堪。当然，我也有些还挺不错的地方，否则如何在这世界上生存？只是我要告诉各位的是，我的有些良好表现正是老师影响所致，终身受益不浅。

至此，我想似乎已经可以从一个重要的方面来解答，为什么这样一本富于激情和内在张力的诗集，竟然出自一个五十多岁的人之手。这不仅仅因为他心在高山，山是他的故里，有所眷恋，有所寄托；这不仅仅因为他志在大海，有所附丽，有所希望；这也不仅仅因为他被排挤而愤然告别了一座山间小城，至今仍气愤难平；这也不仅仅因为他于海边或弄潮或拾贝并有所收获，便生成潮汐之激情。根本的原因在于，诗人有神圣感，有入世济世的责任感，有求完美之心，有如此襟抱者方可能有《走进人生》如此佳作。

我同老师于十余年前在一座小县城分别，其后虽时有聚散，但是散多聚少，因聚时匆匆，疲于人生，兼之老师好沉默，我觉沉默好，交谈颇有限。而我于十余年里，北京求学，漓江编书，游荡于文坛与市场两处，称过不少好人能者为师，其中大家名流也不少。可是，毫不夸张地说，我的最正宗的老师还是至今仍不能称作大家的照斌先生。因为人生态度的影响乃是对文学创作最根本的也是最正宗的影响。读者诸君如果以为然的话，那么，请让诸位一起来看我的老师如何《走进人生》吧。

诗集《走进人生》（韦照斌著），
漓江出版社 1994 年 7 月出版。

诗文集《小城芳草》序

  每每看到为功名而啃读书本的羸弱少年，就有苦涩感。我以为，随心所欲地读自己所喜爱的书，是人生的一大快乐之事。这是一种审美型的读书。像鲁迅所倾心的那样，是为了"嗜好"读书，是"当作消闲"读书，像林语堂所描绘的那样，让读书成为心灵的活动，不消说，那真是人生一种美好境界。事实上，人生如此这般的美好境界，我们这些有了一些文化知识的常人都能享受得到。

  文学写作与读书的状况类似，也有功利与审美之别。我当然也倾心于审美型的写作。我丝毫没有贬低功利型写作的意思。伟大者把写作看成"经国之大业，不朽之盛事"，是使命感使然；世俗者"著书都为稻粱谋"，是一种谋生的需要，都是人类社会一种正常且必需的活动。然而，审美型写作，写作者为了对文字书写的喜爱，有所寄趣，有所寄托，情以物迁，辞以情发，写作并且快乐，以写作来表演"心灵的体操"（沈从文语），当然是人生的优美境界。与读书不同的是，这种境界并不是有文化知识的常人都能去实践的。因为，它特别需要独具的兴趣和爱好。有了这种兴趣爱好，一个写作者，才可能心游目想，寄情文字，不舍昼夜；只问耕耘，不问收获，也不计成本；快意写作，快意发表，甚至快意于不发表。一句话，为了兴趣爱好的写作，为了嗜好一般的写作，可以成为一个作者生命的组成部分。这对于人类社会是不可或缺的。正因为人数众多的文学爱好者在快乐地写作和活动，文学人口方能密集且不断繁衍，文学园地才富有生机且永不枯涸，文学界的故事才永远不乏听众与喝彩的人群，而国民的素质将借这种至为正当的爱好得到提升。

这是我决心为这部作品集写序的主要原因之一。

本书作者是一位文学读书与写作的真正爱好者。作者的专业是经济统计，从事的职业还是经济统计，却以完全与经济无关的锦绣文字，写下了珠落玉盘一般的如许美文。就我的了解，作者不求闻达，也不为稻粱之谋，为的就是强烈的兴趣与爱好。从文本上看，作品质量自然有参差，生涩与幼稚在所难免。在写作与发表之间，作者肯定有过坎坷或挫折，这是谁也避免不了的。可是在字里行间，我们感觉不到作者对文坛有什么怨怼。一部书稿，由远及近，十余年断断续续写下，情绪总是这么饱满和投入，总是那样乐此不疲，我们能真切地感觉到她对文学的一往情深。也许，作为一个善良的业余写作者，与文坛隔河看亲，只见其美的轮廓，不知其美丑交织的细节。但是，看上去幼稚，其实本真，看上去肤浅，其实深刻，因为其所爱乃是文学的本身，并不耽于文学之外太多的东西。仅此一端，作为一个人生和职业与文学密切相关的人，我要向作者致敬。

作者的兴趣爱好固然值得尊敬，可书中的一些锦绣文字也着实令人喜欢。当然，只说"锦绣"二字当然是不够的，尽管许多作品文字很美，令我想起"锦心绣口"之喻。其实最重要的是其一片"锦心"，是她充溢的情感。无论是童年回想、故乡情怀，还是山川游历、人生感悟，都浸润着作者善感与纯美的情愫。我们读过太多的关于母亲的作品，书中的《母爱的河流》，仍然让我们不能忘怀。素朴的文字，独有的生活，涓涓流淌的情感细流，全然是作者个人的。我们读过许多描写情感抉择两难境遇的作品，书中的《风雪小站》依然具有震撼力，因为作者强烈的情感来得自然真切，同时又像风雪中的那座孤独小站令人挂牵。丽江古城有多少人写过？我也去过那座历史文化古城，但我不曾写过，既因为有"崔颢题诗在上头"的踌躇，也有情感慵倦的缘故。而书中写丽江的一篇，除却作品名有俗套之憾外，整篇文章情绪多么自然饱满，感觉多么灵动。因为作者独具只眼，着重写个人的感受，故而没有让作品陷入堆砌游记知识的窠臼。即便是那些关于名著名人的随笔短评，虽系理性之作，却也不缺乏情思。她读凡·高，充沛的情感使得说理生动，吸引我们转而读她，读她的有感而发。她读查尔斯·弗雷泽的《冷山》，我们感受到的是她与作品很是相通的慷慨胸襟。情感

是她写作的原动力，因情而造文是她写作的基本路数，情感
是她作品的最重要的依托。

　　作者是一个感情丰富的人，甚至有点儿过多沉湎于个人
感受。这不免令熟悉她的朋友们有所担心。我素来不赞成文
学爱好者"酷爱"文学，一酷就变态，一酷就偏执，一酷就
忘乎所以，一酷就成病。作者虽然热爱文学，于文学矢志不
移，然而，她不是一个封闭的人，更不是一个偏执的人，还
不太"酷爱"。这一点，我们从她描写亲情、友情、爱情以
及人情世故的作品可以感觉得到。她对感情周折的理解，对
人生故事的领悟，既能入理又能入情，既有原则又能通达。
书中《三姨的婚姻》，作者书写的是一个古老而又现实常见
的道德故事。在三姨与三姨父的婚姻纠葛中，她显然要倾向
于弱者三姨，可这将决定着这篇作品的理性与情感的走向，
爱憎必将分明，谴责自不待言，最后则是作品难有新意。倘
若在我，这样的作品不写也罢。然而，现在我们读到了一篇
贴切入微、入情入理又不无感伤的好作品。作者对生活细节
把握得恰如其分，其中蕴涵着几分恬淡，让人相信这就是真
实存在的生活；面对生活的变迁，作者既有忧郁也有理解，
却不曾剑拔弩张，强词雄辩。作者并不试图告诉我们什么原
则和道理，只是把自己一个亲人的婚姻生活的故事说给我
们，以一付平常心给我们讲述一段寻常人生，寄托她的忧郁
和理解，引起我们的关心与沉思。我以为这是一篇值得推崇
的作品。我真诚地希望作者可以通过更多一些这样的作品，

走向更广大的生活和人们。

我决心为本书作序，还有一个主要原因，即作者李慧是我的家乡人。

我曾在广西一座县城长大成人。那是一座很有文化底蕴的古城，许多年轻人从老辈那里传承了一个悠久的传统，就是对外出闯荡的文化人总能友善地致以注目礼。我也是获得注目礼的准文化人之一。在这样的文化氛围中，20多年前，我与包括李慧在内的一些爱好文学的年轻朋友有过些许文学交流。她给我留下了一个清晰的印象，一个虔诚的文学爱好者的印象，一个认真读书的戴眼镜女书生的印象。当时我们并不曾有过特别的联系。算起来已经20多年没有见过面。岂止是不曾见面，准确地说，20多年来不曾有人同我提起过她。一个多月前，在北京初秋的某一个苍茫的黄昏里，在下班拥堵的车流中，在车上我忽然接到了她来自远方的电话。问我是否记得她的名字。这样的情形，在我这里并不少见，远在天边的家乡故人来电话，常常要考问一二，而我基本上能够应对，不曾让彼此尴尬。她在得到我肯定的答复后，略略显得有些激动。但她是矜持的，没有夸张地表示受宠若惊。然后就说她早已到了深圳，现在有出书的事情要麻烦我。这样就轮到我惊讶了。不曾想她在深圳依然是一个文学爱好者，而且要出书。一个人的生活有过那么多的麻烦，忙于生计，操持家庭，抚育儿子，可年轻时因为理想而形成的爱好竟能绵延20多年，并将贯穿终生，而且是身处今天如此浮躁又如此功利的世风之下。这种几近于纯粹精神理想的爱好，显得多么单纯、多么深沉、多么执着。她请我作序，同时谨慎小心地问我，"不知道看不看得上这些作品"。在这样的爱好文学的家乡人面前，我不能说出任何推托的理由。我只有以认真的态度应承下来。后来又认真地拜读了她寄来的作品，写下了这篇序言，但愿能表达出自己的敬意和思考。

愿她生活幸福，并且幸福在文学的爱好之中。

诗文集《小城芳草》（李慧著），
中国文联出版社2000年12月出版。

诗文集《过路风·星星火》序

　　这是一位母亲和一位女儿的作品合集。为母亲的是大学中文系教师，为女儿的是中文系大学生。可以想见，这是一个温馨的双重组合，一为人性和生活，一为文学，美丽而感性，高雅而生动。为母亲的施秀娟老师从遥远的桂林发来信息，请我为她们的书作序。作序不是我的所长，与施老师又是多年未见，更因为自己近些年来时间空间都局促，极少闲适心态，很想婉拒。然而不忍。屈指算来，与施老师相识 20 多年了，没有过深谈，却有文字之交。我在漓江出版社工作时，发表过她优雅而富含哲思的诗作。尤其是，这样一部母女合集，是一个幸福家庭多么隆重的节日，我作为一个有幸受邀出席者，倘若拒绝，倘若不屑，哪怕只是怠慢，似乎都不近人情。我愿意成人之美，所以应承下来。

　　诗是这部书的主体。不管别人怎么看，我素来认为，诗歌是所有文学样式中最难赏析的一种。解读一首诗歌，有时候是一种情商的冒险，一次诗谜的智力较量。而介绍一批诗歌，或者是为一部诗集作序，就更可能是一次不着边际的非非之想，一次歧路亡羊的遭遇。现代文学史上最著名的例子，是著名文学评论家李健吾解读著名诗人卞之琳那首著名小诗《风景》。评论家剖析，"你站在桥上看风景，/看风景的人在楼上看你。//明月装饰了你的窗子，/你装饰了别人的梦。"如此一首四句，意图全在于"装饰"，表达着"无限的悲哀"。然而，诗人并不领情，强调诗的谜底却是"相对的关联"。无论健吾先生事后做怎样辩白，说：这首诗就没有其他"小径通幽"吗？解诗学遭遇一次美丽的错误，终究是一个定评。至于在古典诗歌浩瀚的森林里，今天的解诗家们缘木求鱼，南辕北辙，误入歧途，天花乱坠，没完没了，就更是司空见惯。所幸只是古代诗人尽已作古，不能像卞之琳那样出来反驳，也就使得今人把种种误解，自诩成"创造性的误解"，在古典诗歌的沃土上，开放大体属于自己的想象之花，做成相成的美丽。而眼前，面对这样活生生的诗人和鲜活的诗作，我们能不有所顾忌吗？尤其是，这些诗作大体属于个人化写作的浅吟低唱，隔着重重空间的我们，又怎能品出曲中高山和弦上流水！

作序者，当然不必非做一个解读者不可。我之所以有以上一番古往今来的感慨，乃是有感而发。所感者，是近在眼前的诗作与远在天边的诗人。施秀娟，何等素朴的知识女性，李诗晓，多么勤奋的优秀学生，竟然如此敏感而忧郁，心灵之舞竟然如此绵绵翩跹！抱歉，我的疑问一定透露了我的无知和偏见。但我保证绝无职业、身份的歧视。我只是在感叹宇宙间最广阔、最纤细的人的心灵。我们所知晓的诗人与所感悟的诗作相距过于遥远。干脆说，透过眼前情绪浓酽、五彩斑斓的诗句，我得声明，我并不认识原本认识的那位施老师。或许，原本也算不上认识，而自以为是的认识又是多么危险。从作品末尾注明的时间来看，诗人的写作密度极大，大都写在 2004 年。也就是说，在一个年头里，一个月份里，甚至，在某一个月明之夜，在大学校园的某一个角落，诗人的心绪如春江潮水、滟波千里，心境如江流宛转、江潭落月，诗情如鸿雁长飞、鱼龙潜跃。生活中发生了什么故事，我们不得而知。也许天下本无事，只是诗人在想象着天上人间的浪漫。一首首充盈着感触的诗歌却产生了，叙事咏物言情，全都煞有介事，全都望月怀远，全都似有来历、可堪索隐一般。引动了我前面关于解诗之难的那一番感慨。

　　然而，面对如此美丽而感性、优雅而富含哲思的诗作，又有什么必要去打听诗人的原意，探寻诗句后面的隐私呢？我从来认为文学研究的索隐派是文学作品的大敌。我是赞成李健吾关于一首诗可以有其他"小径通幽"的主张的。"诗人挡不住读者。这正是这首诗美丽的地方，也正是象征主义高妙的地方。"（李健吾）我要补充一句，这也正是所有性灵之作高妙的地方。解诗学不应当是索隐派，读者细读的应当是客观存在的作品和自己的经验。从这个意义上来看，一首诗首要且主要的是值不值得去读，而主要的不是能否读出诗人的原意。倘若把诗都做成了一个个笨谜，谜底只有一个，哪里还有文学的精神和趣味！施秀娟的诗是值得读的。有人生的经验，有生活的意象，有语言的暗示，有音乐的旋律，有舞蹈的节奏，有画图的结构，一句话，既有意境，又有形式。诸位且不着急去读作品，就浏览一下目录中的诗题吧：你的歌声如天籁、且听壶吟、无人放飞的风筝、桑叶青青、思念是一杯酒、遇到了你、生命里一场缤纷的雨、你的一生我只借一晚、点击我的名、爱情是一个数轴、我正在参加自己的葬礼、月光华尔兹、梦里落花、首次交谈、快乐可以是很简单的事、我们爱情已经成瘾、你的足音悄然无声、豆娘的罗曼司、一个女子涉水而来、如风之舞、今生无法抵达自己的心岸、飞蛾的翅膀如夭折的花朵、第三十三个太阳、心形的植物不是心、中秋、让我们的心回家、远山里的一块石头对你说、昨夜，好大的一场陨石雨、唱醒了早晨、今夜，我将抵达你的庭院、哀悼一棵树、有没有云梯抵达太阳的宫殿、春天从来就没有离开我、当爱归于平静、冬天不知不觉地来了、燃烧的思念飞檐走壁、点燃了这盏灯、愿被你塑成冰雕、活在你的影子里、森林之梦、煮一壶月光、空杯留香、今夜隐匿在无边的云朵后面、荷叶、小路上只有我、蝴蝶兰、下雪了、浪漫是不是爱情不可或缺的品质……套用其中一个诗题来表达读了这些目录的感受吧：生命里一场缤纷的雨！像不像？倘若用这些诗题来做联句，适当搭配，岂不就是一阕意象极佳的诗篇！美丽的是诗，我们需要欣赏的是诗的美丽。

诗人施秀娟的诗歌创作无疑是达到了较高的水平线。作品水平的均衡使得我有点儿吃惊，同时也怀疑她可能会造成自己的某些自我重复。她应当是不甘心太过重复的。于是，她在自己的诗集之后，安排了女儿中学时期的习作。这些作品不免青嫩，然而清纯，不免率直，然而周正，不是那种时尚型校园作家的矫情之作。女儿更是施老师最好的作品。女儿的作品折射出母亲的精神。诗集的第一首《如花的你婷婷玉立在我心上》，是不是写给她至爱的女儿的？我没有请教她。我觉得肯定是——一不小心，我终于还是暴露了一点索隐的雅兴。没有办法。面对生命，我不能无动于衷。生命美好，生活美好，惟其如此，诗才美好。我向这一对美好生活着并且写作的母亲和女儿致敬。

是为序。

诗文集《过路风·星星火》（施秀娟、李诗晓著），
广西师范大学出版社 2005 年 5 月出版。

生命礼赞

——《墨花礼赞》序

《墨花礼赞》是谢云老为自己七十后书法选集的命名,《生命礼赞》则是我为《墨花礼赞》作序时油然而生的一声感叹;《墨花礼赞》是一位用生命拥抱艺术的书法艺术家朝着悠久辉煌的中华书写文明发出的赞美,《生命礼赞》则是我向艺术家那拥抱艺术的生命状态表达的由衷敬意。

在人生七十二岁的边上,谢云老经历过一次生命的搏斗和艺术的再生。老人接受了一次大手术,以顽强的生命力继续自己人生的征程;老人的书法艺术与生命同辉,《墨花礼赞》以及《谢云篆书》便是那之后新长成的生命之树。生命的疼痛如此尖锐,然而并不曾终止艺术家的创造,恰恰相反,而是又一次激发了他创造的激情,实现了艺术境界的提升。法国大作家阿·加缪在《西西弗神话》中写道:"创造,就是活两次。/ 创造,这也就是赋予自己的命运一种形式。"诚哉斯言!正是创造,使得老人活了两次——岂止两次!迄今数十载，他总是用一个又一个创意给人们带去惊奇。创造正是谢云老赋予自己的命运一种形式。生命不息，创造不止，创造是他生命的意义。

谢云老总是在创造中前行。二十多年前我所知道的谢云，是广西新闻出版局局长的谢盛培同志。谢云是他的笔名。他是新时期广西出版业主要创造者之一。在上个世纪八十年代中期，正是在他主持下，漓江出版社由副牌社独立为实体，并且确定了"立足广西，面向全国，走向世界"的方针，从南宁战略移址到国际旅游名城桂林。漓江之滨，编辑作者，群贤毕至，胜友如云，一时多少好书！其时我也凭借好风，在一部拙作小说集经他审阅首肯之后，得以忝列于漓江人之列。也正是在他主持下，广西师大出版社、接力出版社、广西美术出版社、广西科技出版社、广西教育出版社等专业社相继成立，与广西人民出版社、广西民族出版社、漓江出版社一起，形成了广西出版业专业化快速发展的战略格局。广西出版持续快速发展至今，跻身于出版名省之列，固然是几代出版人殚精竭虑、卓越奉献所致。然而，不难想见，作为开创者之一，谢云老在其中奉献了多少富于创造性的精妙构思！

谢云老总是在创造中前行。1990年，谢云老花甲之年，离开广西新闻出版局局长岗位，转入中国书法家协会主持工作。然而，这位老出版人壮心不已，提出了保存民族传统线装印刷爝火，创建线装书局的创意。1993年，他遐想成真，在中国出版工作者协会的领导下，线装书局成立。这是建国后成立的第一家线装书出版社。谢云老志在千里，受命主持线装书局工作，夙兴夜寐之间，制作精美的《毛泽东评点二十四史》《毛泽东选集》《邓小平文选》《毛泽东诗词手迹》以及周恩来手迹印本、老子《道德经》等线装书，接踵而出，世人称许。我要说，谢云老创建"线装书局"这一创意，足以令人拍案叫好，而用一代伟人著作作为开局选题，大雅巨制，接通华夏古今，传承中华文明，思逸神超，精深微妙，形质璧合，满纸生情，更是多么令人惊羡的创造气象！

谢云老总是在创造中前行。摆在我们面前的书法集更是一个鲜活的明证。人生七十之前，谢云老的书法作品已呈清雅脱俗的意境，刘海粟大师有激赏，中国美术馆有个展，日本国有联展，书法集出版多部，书法理论亦有创见。然而，艺术家并未故步自封，墨守陈迹。七十之后，病体初愈，专于古老的篆隶，用古而化古，神形意境又有大的变化。细细研读谢云老七十后的笔墨，感觉到处处意趣盎然，充盈勃勃生气。象形是汉字的起始，而后形声相益，提供了书法艺术的内涵和精神。谢云老七十后的笔墨，最打动我的，正是篆书、隶书作品的象形以及形声相益的可感与生动。那字体结构和笔触，是生命形象的摹写，是节奏化后的自然，总能引动我们的想象。我们可以想象自然与世态的种种，春江潮水，江流宛转，断桥残雪，竹外桃花，无尽烟霞，天高秋月……幅幅象形象声象意，篇篇生命生机生趣。至于谢云老信手写就的一批行书作品，我们也能明显感受到他的自然之情、返璞归真之意和生命的张力。读到他书录的当代歌词《小草》《弯弯的月亮》和琼瑶歌词《我心已许》，我不禁激动而快乐莫名。当今书界，有多少人能有如此童趣、稚趣和通达的胸襟，敢遣通俗歌词入尺页？一位哲人说过："人要活得很久才能够年轻。"我要说，活到七十后的谢云老，终成年轻不老之人。他在鸟虫篆《乐》上题签："让生命的乐音鸣唱于高枝上啜饮那满满的绿。"展读《墨花礼赞》，正有生命乐音鸣响、绿满高枝的感觉，我们不应当朝着这生命发出诚挚的礼赞吗？

穿过我们所认识到的事实和鉴赏到的作品，寻找生命创造的价值和昭示，我向读者诸君发表了以上礼赞式的感言。感言发自肺腑，情绪与文字均不免有所激荡和昂扬，主要是受了谢云老作品和精神、气质感染的缘故。应邀写序后去拜会谢云老，看到他精神矍铄，神清气爽，记忆准确，思路清晰，谈锋颇健，谈出版如数家珍，论艺术感觉通透，我暗暗称奇，情绪很受感染。可是，临到告别时，忽然发现他步履有些蹒跚，显然是病后体虚，未能平复如故。毕竟是上了年岁的人了。一股感伤的情绪在我心头郁结。行笔至此，仍然十分忧郁和挂牵。为此，在为谢云老超拔的创造力发出激情礼赞的同时，我更要衷心祝愿老人能够行长生久视之道，成延年益寿之功，结出更多人生与艺术的硕果！

是为序。

书法集《墨花礼赞》（谢云著），
人民美术出版社 2006 年 3 月出版。

《文学桂军论》序

　　李建平兄从广西来到北京，要我为他们的专著《文学桂军论——经济欠发达地区一个重要作家群的崛起及意义》写序。我暗自觉着为难。我还没有读过书稿，但似乎当时就得应承下来，因为我们是老朋友；我还预感到这是一篇很难写的序，但似乎只能担当起来，还是因为我们是老朋友。故友之请于我总有神圣感，甚至还有一点人品拷问的意味，我不能拿糖。至于预感到此序难写的原因，理由就比较复杂了。其中有两点可以说出来：一者书中所论作家，大都是我的故乡文友，此书既为作家群研究，不免要梁山好汉，论功排座，砖厚瓦薄，此高彼低，而古人有"文无高下"之说，今人有"文章是自己的好"的戏语，作家群里，自负而叨陪末座者肯定见怪，思想高蹈者价值遭遇低估势必啧有烦言，我半路掺和进去，多半不是什么好事；二者书中定然要论及我早年间的创作，猜想所论必定以褒扬为主，尽管我不悔少作，可一旦作序，就有默认之意，甚至有自炫之嫌，而且加重了同谋的嫌疑。仅此两点，就足以令我视为畏途，何况还有其他。然而，尽管为难，却架不住建平兄的恳切情辞，还搬出伟林兄之邀来加重砝码，两位都是诚恳厚道的老朋友，我只好接受下来——就像接过了一副很重的担子。

但我得承认，我对书稿所论的故乡人和故乡事有兴趣。"君自故乡来，应知故乡事"，我愿意藉此机会再次神交故乡的旧雨新知。我对论著的选题也有兴趣。"经济欠发达地区一个重要作家群的崛起及意义"，这是一个具有文化学研究意义的论题，在文学研究中有所通变。我感觉到当中新的气象，新的语境，新的境界。

中国的文学研究，一直就有通变的传统。文学历史化、文学社会化、文学经学化、文学道德化，自古以来是文学研究的通天大道或通幽曲径。这个传统的思想方法基础就是《周易》的"曲成万物而不遗，通乎昼夜之道而知"和"通变之谓事"。"通变"是中国古典哲学的一个重要范畴。研究文学必须通变，几乎成为古代文论的铁律。"文变染乎世情，兴废系乎时序"（南朝刘勰），"文章关乎气运"（明代袁中道），"大则关乎气运，小则因土俗"（明代李东阳），说的都是文学与历史发展趋势、地域风土人情变化的相互关系。我们这个民族自来就看重天与人、世与人、国与人、人与人的关联，自然也就看重文学与社会、文学与自然的关联，认为"天人感应""文以载道"乃是一部作品、一个作家至善至高的境界。这个传统发展到了极致，就有了"泛通变"之虞，在文学本体研究方面就少了一些深挚和执着。甚而至于，到了某些极端时期，文学研究便严重脱离文学本身，文学研究变成了历史研究、社会教化、经学讲述，最后堕入枯燥无味的政治说教，窒息了本来应当生机勃勃的文学。文学需要自救，自救的结果是激动人心的本体回归。文学本体回归的极致，又极端成了文本主义、唯主体主义，认为文本和文学主体才是一部作品、一个作家至真至美的境界。然而，哪里又有真正与世清绝的文本和纯粹主体的研究呢？事物总在走向自己的反面。新世纪，文化研究蔚然而成显学，最著名的论断便是美国人约瑟夫·奈的"文化是软实力"。政治、经济、历史、社会、文学、艺术、道德等领域的研究尽在文化研究之彀中。文化大有"曲成万物而不遗"之势。于此情势之下，近年来，文学文化学研究遂乘势而上，众神之车驶上文化康庄大道。

书稿从广西快递过来。通读了书稿，果然，《文学桂军论——经济欠发达地区一个重要作家群的崛起及意义》，正是以文化学为主导的一个理论批评文本。

我对这部论著所凭借的理论支点很感兴趣。这部论著的论者，除了无法脱离的一般文艺理论之外，主要是凭借了当代文化理论，特别是凭借了当代文化理论中的第三世界文化研究的理论、新历史主义理论和文学人类学理论。此外，还使用了马克思主义的艺术生产与物质生产不平衡理论，以及近年来耳熟能详的后发优势理论。有了当代文化理论当家，加上诸般理论武器，能内能外，能大能小，此番研究也就左右逢源了。

我对论著中对文化学研究的展开尤其喜欢。我要特别强调，我说的是喜欢。一个时期以来，我在出版专业研究中，也相当喜欢使用文化学研究这个工具。文化是说不尽的，自然，文化学研究的覆盖面也几乎是无疆界的。已故台湾学者殷海光搜集了西方学者对文化的 47 种定义，一一作了分析，仍然觉得意犹未尽。即便把文化分为广义与狭义两种，物质、精神、制度、生活方式等因素为广义，人类活动的精神产物为狭义，那么，即便狭义的文化，也是覆盖极广的一种理论。顾晓明教授对狭义的文化作过一种概括，大体意思是：文化是一种在生产活动中直接发生作用的生产力，是信息和知识，是弥散于特定人群的文化心态和氛围，是社会交往和人际沟通的象征符号系统，是一种世代之间的"遗传"机制。这个概括比较地以人为本，以人类为文化，比较地贴切周到。用覆盖面极广的文化学来研究文学现象，研究一个地域性作家群的崛起和意义，无疑可成文学的通变之学。我的几位朋友能够这样去研究广西的作家群，实在是找到了高起点和大视野，显示出不同凡响的智慧。

也许，我对本书所采用的研究方法表现出了过于浓厚的兴趣，而按照情理，我应当更多赞誉文学新桂军的朋友们，更多建议读者诸君关注我家乡的好作家以及近年来渐渐形成的作家群。文学新桂军的文学实绩值得总结和展示，其影响力需要评估和传扬，而文学作品的生命之树常青，一些渐次为全国范围的文学爱好者瞩目且记得起来的广西作家及其作品，给人们留下了作家集群的印象。这印象在本书中得到比较集中的考据和描述，不仅可以使得集群中的许多作家（我不敢说全部）感到愉快、振奋和慰安，也可以让作家集群外的很多人士得到知识和审美，这是本书最为鲜活坚实的基础。然而，试想，所谓文学地域之军，早就有湘军、陕军、晋军、鲁军、粤军、豫军等逶迤而来，更有京派、海派、军旅作家名闻天下，80后作家气冲霄汉，90后少年挥斥方遒，作家群一类话题已经不大新鲜，还能够像本书这样将百余位风流人物尽收于榜，实在大不易。要说文学实绩，新桂军尚不足以与大多数地域作家群全面抗衡。那么，在当代文学研究在社会科学界颇为式微的今天，关于广西作家研究的课题竟然能够列入国家社科研究基金项目，这就是文化学研究方法的功劳了。一种稍具新意而广大人群又以为合理的研究方法，可以盘活存量资料，点化学术研究，催动思维的新生。我的几位朋友能够这样去研究广西的作家群，实在是点化了这个作家群存在的价值和意义。文化学点化了文学研究。文化学正在点化许多学科。文化学正在点化世界。

关于这部论著，自然还有诸多好处值得称道。譬如，对于广西作家群大量作品情况的精心统计，重点作家发展历程的用心记录，作家生存环境特别是当地政府政策的平实介绍，特别是对重要作品文本的深度解读，总是那么自信、自然而又热情，如数家珍，娓娓道来，文字间浸润着漓江的温情和红水河的质朴，一如论著作者们的为人，让我感觉着熟识、熨帖、亲切。可是，我知道，在一部论著面前，自信、自然、热情、温情、质朴、熟识、熨帖、亲切……这些感性语词都是不能给人们以理论认识的最终价值判断的。所以，我用了较多的笔墨来谈自己对论著的理性认识，不知道是不是反而加重了理论的枯燥感觉。不过，我相信还不至于过分枯燥，因为我谈的是自己对文化学研究方法的理解，文化学说到底并不是一门枯燥的学问。

序言至此，当可打住了。不经意间二千余言既出，最初的作序之难一时已被淡忘。说到底，作此序，不仅是架不住友情，还是架不住诱惑——前面说过，一是故乡事的诱惑，二是文化学的诱惑。有此二者，一些复杂的因素也就变得肤浅和无关紧要了。

《文学桂军论》（李建平、黄伟林等著），
中国社会科学出版社 2008 年 9 月出版。

《黄金时代：美国书业风云录》中文版序

　　叶新先生感谢我为他领衔的译著《黄金时代：美国书业风云录》作序。可我却要感谢他邀请我来做这件事情。为他人的著作写序作跋本来是老大难事，因为空话无益、套话无趣、溢美无聊而实话难工。然而为本书作序，我却要反转过来感谢对方，显然其中自有原委。

　　我近来十分希望读到更多的介绍国外优秀编辑和出版人的著述，故而在接到本书清样时，心里就有一阵不期然而至的欣喜。及至展读清样，发现全书竟囊括了120多位美国书业"黄金时代"的编辑和出版人，顿时有如入宝山之惊奇。此外，我还发现书中写到了我的一位美国出版界友人，前不久我和这位友人刚刚合作做成一件颇具影响力的事情。尽管这是我个人意外而亲切的收获，但其中却也昭示了一些与本书内容相关的意义。我将在这篇序言结束前谈到此事。

　　我相信，在当下的中国出版业内，如我这般喜欢《黄金时代：美国书业风云录》一书者，肯定大有人在。近些年来，介绍和研究欧美出版业的书籍文章，多显赫于产业的规模、战略、资产、跨国一类宏大叙事之上，仿佛出版产业成功的奥秘全在于跨国公司董事长和CEO们资产经营、战略部署的奇思妙想、帷幄运筹之下，这显然并不符合出版产业的全部实际和核心规律。出版产业最普遍、最核心、最生动且影响最久远的总是出版物和从事出版物生产经营的编辑和出版人。眼下，有这样一本讲述和研究美国书业"黄金时代"120多位编辑、出版人精彩故事的图书摆在我们面前，它给整个中国出版行业的影响甚至不能只用惊奇来描述，也许这影响会是深层次的。

我们正处在大变革、大重组的时代。中国出版产业化发展风起云涌，其声势与规模，其创举与创见，可谓世所罕见、史称空前。战略投资、战略重组、联合兼并、资本扩张、改制上市、技术创新、国际化发展以及超大型出版项目，如此这般，一时龙虎风云际会，一时多少英雄豪杰，占据了业内报刊大部分的头版头条，获得了权威媒体的重点报道，充盈了出版产业经营者的心田，回荡在出版产业的天空。在全球化的趋势下，作为一个大国的出版业，必得要从一系列产业的山峰沟壑中开辟出一条能够参与国际竞争的通衢大道，不如此不足以让中华民族的出版车阵隆隆驶过。我们的出版产业正处在风生水起、激动人心的劈山开路的重要历史时刻。可以想见，中国出版业的"黄金时代"也许正在到来。

　　然而，一个企业乃至一个产业的发展，大体需要战略、资产、人员、运营这四个基本点的支撑。当我们对战略和资产倾注了必要的激情和力量之后，现在不能不对人员和运营投入应有的热情和支持。一部出版史，是出版物构成的历史，说到底，也就是编辑、出版人活动的历史。特别是编辑，他们是出版业文化内涵的核心，他们是出版业最主要的生产力之所在，是出版业最活跃最具生命力的细胞。正是古往今来无数编辑人士，发掘出数不胜数奇伟瑰怪、空前绝后的作品，演绎了许许多多有声有色的书籍传奇，才有了今天汗牛充栋的书籍宝藏，承载了人类文明的传统和创新。无论今天和未来出版业再如何产业化，我们只要不打算放弃对文化品质的坚守，只要不打算放弃出版行业的责任，就不能轻视更不能放弃对编辑业务的研究。正如美国著名的传播学学者赫伯斯·席勒所指出的："文化的政治经济学必须批判性地仔细考察工作程序的演变过程，同时将自身与文化事业的内容联系起来，当然，同样重要的任务还有对这些工业的运作和结构的仔细研究。"（《20世纪传播学经典文本》复旦大学版·2003·476页）《黄金时代：美国书业风云录》正是这样一本既"仔细考察工作程序的演变过程，同时将自身与文化事业的内容联系起来"的编辑业务实录与研究的专著。此书的中文简体本在出版产业如火如荼发展的今天来到中国的编辑和出版人中间，肯定会引起大家新奇、亲切、欣喜的感觉。为此，我们要感谢叶新先生的慧眼独具，还要感谢机械工业出版社的匠心独运。

然而，这本书还会引起我们的忧郁和思考。我们要问，作为出版强国的美利坚，他们书业的"黄金时代"是如何衰落的。这是我们今天研读此书最重要也最具现实意义的问题。请看作者阿尔·西尔弗曼在书中前言是怎样解释的。

首先，作者在前言里指出"黄金时代"形成的内在原因，"图书出版业最根本的变化就是编辑地位的提升"。继而，他指出其衰落则在于编辑地位的衰退，还在于"整个出版业全面呈现出保守僵化态势"。接着，他愤懑地批评道："一批卓越的老牌出版人正在逐渐被那些盈利至上的商人所取代。"但是，作者并不偏激，在前言的最后一段，进而不无感伤地写道，这段黄金岁月的"衰落并不是始于真正爱书的出版人让位于那些利润至上的出版商之时。它开始于出版人和编辑们开始减少他们喝酒的次数。"作者微言大义地揭示了出版人和编辑的合作、交流、协调一致的重要性。他并没有一般地斥责盈利至上的资本对书业的负面影响。他怪罪的是出资的出版人与编辑的疏离甚至分道扬镳。这一历史的前车之辙可以提供给今日之中国出版产业作为借鉴和思维。

究其实，《黄金时代：美国书业风云录》并非一本旨在讨论资本与书业关系的研究专著。它是一部集口述历史、叙事性史料和作者个人亲历感想于一体的纪实性读物。全书的叙述从美国书业"黄金时代"起源的标志性出版社——法勒—

斯特劳斯－吉鲁出版社的创始人罗杰·斯特劳斯开头。罗杰所创立的出版社在 50 多年里出版的书获得了 17 项诺贝尔文学奖。年迈的作者在 2003 年纽约 12 月最大的一场暴风雪之后前往造访当时已经 87 岁的罗杰。"看到眼前这个身子单薄、衣着破旧的罗杰我并不感到惊讶。"作者写道，"他的脸上带着一种大病初愈后的灰白色，双眼显得格外突出。但他全身收拾得很利索……他光滑的银白头发比过去向后梳得更紧了，这令他看起来像是已取胜的斗牛士。"两位老人一面注视着窗外正在铲雪的人们，一面平静地追忆往事。5 个月后，罗杰辞世。于是这次交谈可以看成是"黄金时代"一位杰出出版人的绝唱。诸如此类的动人讲述，发生在"黄金时代"120 多位编辑和出版人的职业生涯上，构成了全书的每一章每一节。我们读到的大都是故事和细节，深切地感受到故事和细节中人的灵魂，真切地体会到那个年代的编辑出版职场的氛围，以及传统书业特有的纸张油墨的气味。作者以一种怀旧的方式排山倒海地去追忆逝水年华里的人与书、光荣与梦想、傲慢与偏见、友谊与冲突。即便是傲慢、偏见和冲突，也已经有了时过境迁的况味，抑或是笑谈于马提尼酒中的洒脱。在这些讲述中，我们找到了出版业最初的东西，那些质朴，那些智慧，那些奉献，那些意气和执着，还有，编辑和出版人生命的彩虹——那些书籍及其作家。但他们都是活生生的人在活动，在为着一些书、一些作者扮演着异常复杂的角色。在美国书业"黄金时代"，1962 年诺贝尔文学奖得主约翰·斯坦贝克说得好："只有作者才能够理解，一个伟大的编辑如何能做到既是父亲、母亲、教师，也是人世间的魔鬼或者上帝。"诚哉斯言，值得每一位编辑和作者记取和思考。

我要说，全书让我们最为感动的还是本书的作者阿尔·西尔弗曼。他既是一位杰出的出版人，又是一位优秀的作家。他已经是耄耋之年的老人，却有着一流的博闻强记、一流的敏锐眼光、一流的幽默而晓畅的文笔。他有着与那么多个性张扬不羁的大师级编辑和出版人长久深挚的交谊合作，因而书中的叙述倾注了他亲历、亲见、亲闻的真确情形和情绪。至为难能可贵的是，这位老出版人那旺盛的生命力，如阳光一般穿越在120多位编辑和出版人之间，穿越在"黄金时代"每一个精神碎片之间，与那些人和事，那些闪光的精神碎片交相辉映。可以相信，这样的文字将会引得对出版业葆有浓厚兴趣的读者们长久地、反复地阅读和探究。

前面我已经提及，在阅读此书的过程中，我忽然发现书中写到了我的一位美国出版界友人，感到惊喜而亲切。这位友人就是贾森·爱泼斯坦先生。爱泼斯坦先生在兰登书屋工作了几乎半个世纪，最后官至总编辑。贝内特·塞尔夫在《我与兰登书屋》里自豪地宣称他把爱泼斯坦调入兰登书屋乃是一个非凡的人事举措，并亲切地把爱泼斯坦称为是"我背负的一个十字架"。在美国书业"黄金时代"，爱泼斯坦被称为"魔鬼理发师"，可见其编辑功力之出色。他还是著名的《纽约书评》的创始人之一。2009 年 7 月 29 日，我在中国出版集团公司接待了他。他已年逾 80，却主持了一项技术发明，即集成式按需印刷机，也就是本书前言里和 213 页处提到的咖啡印书机。这项发明被《时代周刊》评为 2007 年最佳发明。中国出版集团公司正在引进这项技术，为全世界生产这款机器，爱泼斯坦先生便是为了与我们的合作，不远万里来到中国，与我谈判。谈判是友好而卓有成效的。在谈判过程中，我更多的是在窥视这位美国出版业大师级老前辈，充满了对他的好奇和尊敬。会谈后我在北京大董烤鸭店宴请他和夫人一行。在宴席上，我还得知他是一位烹饪高手，正如本书在 213 页中所写到的那样，别有一番情趣。

时过一年，在《黄金时代：美国书业风云录》一书里偶遇爱泼斯坦先生，颇有些"他乡遇故知"的惊喜。书中的讲述，帮助我对这位老前辈有了深入的认识。我不禁由此生出一番感慨：作为"黄金时代"的编辑大师，年近九旬的爱泼斯坦先生以他所主持的一项技术发明走进了新的世纪，迎来了数字化出版的时代，真是一件颇具象征意义的事情。"黄金时代"昔日的辉煌已经远去，在一些读者掩卷沉思不无神伤之际，无数的编辑和出版人却还在前行，继承与创新，总是出版业一脉相承的精神。正如美国大发明家拉尔夫·沃尔多·爱默生所指出的："在什么时候，新时代与旧时代并肩而立，一较短长；在什么时候，所有人的精力都被恐惧和希望所驱动；在什么时候，旧时代的历史荣光与新纪元的美好前景交相辉映？和以往一样，这次也是一个很好的时代，问题是我们必须知道该如何去面对。"我们也可以这样来阅读理解这本书，特别是以此来理解此书中文简体本在中国的出版。我们必须知道该如何去面对今天这个很好的时代——像我所认识的美国著名出版人爱泼斯坦先生那样。

是为序。

2010 年 7 月

《黄金时代：美国书业风云录》

（阿尔·西尔弗曼著，叶新等译），

机械工业出版社 2010 年 8 月出版。

《苦乐童年——我童年的一百个故事》序

　　《苦乐童年》是一部苦难之书。书中有苦有乐，所谓之乐，只不过是苦中作乐，苦涩之乐，像地衣吸附岩石那么可怜卑微的生存之乐，有的也许还只是作者走过寒冬回忆严寒的回味之乐。苦难弥漫着全书，成为全书的主题，足以让今天的读者，特别是年轻的读者，在震撼、惊愕、恐惧、怜悯、痛苦的同时引发思考，从而丰富自己的社会人生体验，加深对社会人生的理解。因为苦难永远是人生的教科书。

　　苦难童年不谈久矣！最近读教育期刊，发表有学校老师的作文课件，题目是《写童年的故事》。老师给学生提示重点故事有三类，一是快乐的事情，举例如令人好奇的事，美好的幻想；二是烦恼的事情，举例如与父母的矛盾，同学间矛盾；三是可笑的事情。总之是远离苦难的童年，都是快乐学习而又有些微成长烦恼的童年。这大体是不错的。但我相信，当今中国社会，一定还有学生家庭生活处于困难境地，而孩子们的童年生活一定有困苦的事情发生，这些难道不也是童年的一种故事吗？老师是不是也可以引导学生去体认童年生活中某些困苦呢？这似乎是值得讨论的问题。

如今并非只是儿童教育不谈苦难，大众传媒许多时候致力于强化娱乐功能，也在有意无意地淡化对苦难的关注。尽管举目向世界各地望去，人类社会还有很大面积的贫穷与苦难并未消退。按照新的贫困标准，我国有将近1个亿的人口生活在贫困线下。但似乎这不是大众媒体需要关注的。前不久国际、国内媒体载文纪念英国作家狄更斯诞辰200年，有过一番热闹景象。狄更斯是一位以描写生活在英国社会底层"小人物"的苦难遭遇而名闻世界文坛的大作家，堪称"现实主义文学的苦难大师"。今天许多媒体却似乎不约而同地把视线都轻轻掠过了雾都孤儿和匹克威克，兴趣点或者重重地投向作家的成功之路，或者踟蹰于伦敦的历史文化遗迹，或者将他的七部名著连成伦敦地图，捎带上了一些人文旅游的意绪。这些都是可以理解的。历史总是一页一页地翻过去。每一页历史都有属于自己时代的主题。当今时代这一页世界性的主题有说是发展，有说是和谐，还有说是文明冲突与幸福感认同，等等，所以让狄更斯给今天的人们带来一些属于今天的人们所需要的快乐和认知内涵也无可厚非。只是，从今天大众媒体的狄更斯解读，我们似乎可以感受得到社会审美趣味正远离苦难生活的趋势。

苦难是人类永恒的主题。苦难几乎是人类的一个宿命。

我们可以轻而易举地从人类三大宗教中得到对这一论断的领悟。我们还可以从人类有史以来所有思想大师、哲学大师、文学大师、艺术大师的经典著作中找到关于这一论断的深刻论述。一个文明健康的社会，应当对苦难保持着高度的敏感和同情心。苦难教育应当成为社会教育和人的成长教育的必修课。生活在今天的人们，在为孩子营造幸福快乐童年的时候，不要忘记我们社会曾经有过另一种童年。理解它并且记住，我们的社会才会比较地文明健康起来。

这就是我为什么愿意为蒙林坚的《苦乐童年》一书作序的深层次原因。

我愿意为《苦乐童年》作序的直接原因还来自于作者给我的一封来信。来信是电子邮件，却写得文气隽永，并无匆忙之感。信中写道：

您我都是50后的人，我不知道您是不是跟我一样生在农家，长在农村，但您在广西宜州农村插队对我们那里的生活会有深刻的印象，相信您只要从我的故事标题中就能想象到故事的内容。写我童年的一百个故事意义不大，但童年给我的印象实在是太深刻。我很想看我童年时候的照片是什么样的，但我的第一张照片是读初中以后才有的。正是因为找不到童年的照片，我才想用文字的方式表达出来，也许能通过我们50后那一代人的童年生活与当今孩子们童年生活的强烈反差来达到唤起人们珍藏昨天、珍惜今天、珍爱明天的效果。

我有点儿被这封信感动了。实话说，感动我的不是信中强调写作这部书的教育意义。我同意作者的理性认识，甚至认为这些故事的教育意义要更加深刻。但谈不上感动。感动我的是，作者努力引发我与他的共同记忆。因为我也在那块贫瘠的土地上生活挣扎过。尤其感动我的是，作者此生第一张照片的叙述，轻易地说出，便轻轻地感动了我。我相信，这是真的。我不能对如此真实的作者的请求有任何推托。

我还敢说，全书 100 个故事都真有其事、真有其人。整本书真到什么程度呢？这么说吧，真到每一篇的题目都是真的，真到连原生态的粗糙尽在其中。我曾经想过，是不是建议作者在语言叙述上再打磨一下，譬如：题目的词语可以考究一点，平仄应当讲究一点，叙述可以调整一下节奏、层次，使用地方语言能否规范一些，等等。转念一想，如此一来，文章是圆润了，却一定会造成真实感的耗损。我太喜欢这部书的真实感了。真实到什么程度呢？拿古人的说法来说吧，有"如面谈"的感觉。连作者说话的腔调、气息都有如面之感，都是我曾经生活过的那个地方上的人——广西河池人所特有的。那个地方上的人把自己的腔调、气息自嘲为"玉米气"。读着书中文字，我真切地闻到了浓郁的玉米气味。

我为这部书作序，还出自一个原因。1999 年，我初到北京供职于人民文学出版社。蒙林坚曾经专程来看望我，请我为他编选的一部多人散文集《美在广西》作序。时隔 13 年，他给我发来邮件，请我为他的苦难童年故事作序。尽管我有很多俗事要忙，但还是应承下来这付重托。试想，既然曾经那么动情地为美丽的广西山水作过一篇美丽的序言，我有什么理由不为曾经在大山里苦苦挣扎的林坚兄以及他的父老乡亲们发表一些感想，说上几句暖心的话呢？于是，我怀着一付沉重、纷乱、复杂的心绪写下了这篇序言。

对于书中那些已经逝去的苦难，其实心里还有更多要说的话，更多要表达的意思，更多要宣泄的情绪，更多要发出的追问。然而，面对那么多活生生的苦难故事，说什么都显得多余。请读者诸君自己去读、去体会、去感受、去思考吧。我只有一个心愿，祈祷我们的民族从今永远告别这样的苦难。

《苦乐童年——我童年的一百个故事》（蒙林坚著），
接力出版社 2012 年 9 月出版。

《刘耀仑文集》总序

　　人到了一个成熟的年龄上，就会生出回顾人生的冲动。《刘耀仑文集》即将出版，这显然是耀仑兄一番动静不小的文学与人生的回顾。一个原本是文学刊物的编辑，十多年前又转行到了文学以外的政府部门，眼见得与文学创作渐行渐远，忽然间，他竟拿出了五卷本的文集来。耀仑兄这一回顾文学人生的冲动，自然有力地冲动了他的朋友们。

　　"只问耕耘，不问收获。"这是耀仑兄在20多年前对我说过的一句话。那还是在未名湖畔求学的时候。这句话过去现在都有很多人说。话是一句，原因却各不相同。有的是以过程为美，有的是以淡泊为境界，有的则是为了审慎，有的干脆就是出于无奈。我不知道耀仑兄当时出于什么意思说出这话来。他说这话的时候，正是包括我在内的许多同学既问耕耘、更问收获的时候。北京大学中文系首届作家班，一时青年作家，意气何等风发，竞相发表作品，不问收获更待何时！刘耀仑同学当时却真诚地表现出对一时的收获不急不躁的意思。宿舍里他也在伏案写作，只是默默地写，并不曾听闻他发表过诸如宇宙人生的见解、古往今来的哲思、中外文化的比较、文学风格的追求等方面的宣言或雄辩。一面写作一面发表理论宣言是那个时期文坛的时髦。更多的时候刘耀仑同学是在认真而快乐地听课，认真而快乐地与同学神聊以及更认真更快乐地与同学对弈。在写作上他实在不怎么张扬。然而，就在不怎么张扬的状态下，他居然写了这么多。耕耘者越是不问收获，收获越大，反之，收获可能越小，也许这就是这句名言所蕴含的悖论。

耕耘与收获，原本是一个再自然不过的逻辑关系。耕耘之后就应当是收获，天经地义。然而，一样的耕耘，收获却各有不同，这是谁也奈何不得的宿命。耕耘之后，颗粒无收，入歧途泣之而返，更是史不绝书的悲情故事。希腊神话悲剧人物西西弗终日反复推石上山竟无绝期，成了人类徒劳而无法解脱的原罪象征。如此情势之下，"不问收获"也许是最明智的选择。"不问收获"，可以遮挡、消解、抚慰人们求不得、爱别离、憎厌会一类的苦情，"不问收获"，可以帮助人们建立对事物因果关系复杂性的清醒认识，避免幼稚幻想。最为重要的是，"不问收获"，在文学创作上可以帮助作家调适创作心态，引导作家一定程度地放下功利追求，独立、自由、洒脱、倾情地进入到生活与作品应有的情境中去，把写作当成精神的宣泄和享受。事实上，一个作家，怀揣博取文名或者稻粱谋的目的去写作，怀揣诺贝尔奖金或者国家级大奖的获奖梦想去写作，很容易落入"为了收获而耕耘"的人生思维模式，背离文学的真精神，失却创作的真快乐。在文学创作上，"为了收获而耕耘"，往往不是虚火上升，便是畏首畏尾，不是投人所好，便是凌空蹈虚，不是数典忘祖，便是瞻前顾后，极易演出耕耘与收获的悖论喜剧。

在我看来，耀仑兄的写作就颇为独立、自由、洒脱、快乐。他不怎么攀附文学门派。在创作上他有点儿独处，比较执着于一个人的写作。他自然地写，倾情地写，颇有些为想写而写、为有感而写乃至为写而写，一副轻松的姿态。一套文集，既不趋时，也不落伍，颇有笛卡尔"我思故我在"的气度和袁中郎只为性灵感觉信手而写的精神。他想做什么文章就采取什么文体，以至于小说、诗歌、散文、纪实文学、文学评论竟各成一卷。许多作家是不敢如此全套把式一起上的，因为这要写作的人敢于放下文名得失之虑才行。他遇到什么题材就写什么作品，有什么感受就发表什么感想，从农村到城市，从街巷到学院，从民众到官员，从凡人到名人，从山里人到院士，天地君亲师友，笔下人物鲜活，文中气息清澄，故事叙述自然。文集中少不了遵命文章，遵命文章他也倾注感情，少不了文人唱酬，唱酬文字也写得实实在在。如此便要写作的人更多用心、用情、用力才行。他觉得作品需要使用什么语言就操持什么腔调，小说能实写，散文会讲述，评论多辩词，诗歌重提炼，特别是新体诗、旧体诗乃至楹联语言一起上，真正是文人形状，无拘无束。一部文集，犹如寻常人家，既有厅堂厢房书舍，更有竹篱后园，四时花草，有红有紫，随意开放。一句话，耀仑兄好不自得其乐！读《刘耀仑文集》，最强烈的感觉便是作者自得其乐的生活态度，自由活跃的思想情感，自由自在的文学感觉，自觉向上的精神状态。耕耘者只有不问收获，方可如此自由耕耘，从而乐在其中。

我们不是说由于一个作者自得其乐的良好写作状态，他的创作就必然达到怎样的高度。从状态到成果，从成果到品评，存在着极大的或然性，并没有一个现成的公式可供求解。倘若真有规律可以说明，其中一定潜藏着若干参数，细微的变量可以导致结局的大相径庭。我们欣赏耀仑兄在创作上的勤奋而快乐自由的状态，只是认为这对于文学和一个文学创作者都是有益的药石。至于刘耀仑作品孰高孰低、或优或劣，现在就摆在诸位读者面前，品评是每一位读者的事情。不幸而又有幸的是，我们是作者的朋友，既可能做出爱屋及乌的事情，也可以帮助某些读者增进对他作品的赏析，毕竟知人论世也是文学评论的一种重要方法。倘若有兴趣，读者可以浏览刘耀仑的几位友人为文集各卷所作的序言。序言里有对重点作品的点评，更多的还是谈了对作者的印象。李发模序中有一句描摹很是传神："耀仑其人其诗，可用'闭阁藏蓝天，开窗放明媚'而喻之。"高洪波序中的感慨亦庄亦谐，很是到位："耀仑重情义……骨子里仍是少年维特。"朱晶序中表白："我一直喜欢你的透明与耿直……感情如此丰富。"让人读罢顿时真心感觉到喜欢。聂鑫森序中把耀仑的性格爽直与为人诚笃放在一起品赏，这是一个冷静隽永的判断。高晓晖序中表示读到了耀仑为人与为文一以贯之的真性情，这是一份以人格的名义所作的证词。野莽的评点隽谐可喜，颇具穿透功力。他以"刘耀仑的散文和他这个散人"为题作序，很动感情地品评耀仑诸文体中成就最高的散文作品，让我们仿佛感受到"那车好炭，早已化成了灰……心中的友谊之火却一直在熊熊地燃烧着"。

不用说，在作者的为人与为文之间，大多数读者也许要看重其为文。作品一旦出版，便是一个客观真实的存在，喜恶是读者的权利。文本主义批评方法以及细读法支持读者这天赋的权利。但是，作为朋友，我们则更看重他的为人。知人论世终归不无裨益。在朋友们的眼里，作者倘舍弃求真、求善、求美之心，为文则无足观。耀仑兄一直是在对真善美的求索中努力写作，这便值得我们尊重和拥戴。

我们真诚地祝愿耀仑兄如此这般快乐自由而倾情地写下去，相信他虽然只问耕耘，不问收获，却能继续收获新的更好的作品。

是为序。

《刘耀仑文集》(刘耀仑著)，
国家文化出版公司 2013 年 1 月出版。

《宜州文化漫笔》
序言

　　我历来尊重每一位书写自己家乡的作者。至于对书写我的家乡的作者，我自然是格外的尊重。而我与李楚荣兄是同乡、同学、同好，对于他这部书写我们共同家乡的随笔集，当然是葆有加倍的尊重。

　　书写家乡岂止值得我们尊重！家乡最能唤起我们的亲切感。通常的情形是，读到书写家乡的作品，我在尊重之后便觉得亲切，作品无论粗糙还是精致，无论深致还是肤浅，总会引起我们自然而然的亲切感。当楚荣兄数十篇以我们共同家乡为题材的散文随笔作品摆在面前时，就像铺设了一条以浓浓乡情为主题的历史文化长廊，我顿时有如入山阴道上，应接不暇之感。

　　楚荣兄堪称我们家乡非同寻常的书写者。

　　书写家乡，寻常人士，为着对家乡的眷念，为着对故里的光大，通常要流连于那里的风物名胜，纠结于故里的人世沧桑，以此纾解浓酽郁结的乡愁，以此凝聚成家乡更真诚亲切的可爱。楚荣兄亦然如此这般地书写着我们的家乡。然而他并不是寻常之人。他是一位地域历史文化的研究者，因而他并不曾寻常地就此打住。作为长期从事历史文化考察工作的他，自然而然地，他要朝着家乡历史文化的纵深去做探寻，要把家乡历史文化与更为广大的中华历史文化放到一起来作观照，他之关于家乡的散文随笔写作，自然而然地，顺理成章地，做成了独特的历史文化随笔。如此一来，在关于我们家乡的散文随笔写作中，他独树成一帜，自成为一家，与我等许多为感性而文学的作者有着很大的不同。这绝不是厚古薄今，更不是好古成癖。鲜活的生活让我们感受到家乡的可爱，厚重的历史则让我们意识到家乡的可敬，这些都能让我们引以为快乐和自豪。不过，我总是要对以历史文化考察为主要内容的作品表示偏好。古往今来，在大量书写地域文化的优秀散文随笔作品中，几乎都要探及地域的历史变迁，追溯既往，感叹兴衰，无疑已然成为人类的一种认知情结和审美情结。历史的深度让我们感受到地域的厚重，历史的广度让我们意识到地域在华夏版图上的地位，历史的万花筒帮助我们想象地域曾经有过的多彩，历史的风云变幻帮助我们遥想地域曾经有过的人世沧桑。这是楚荣兄非同寻常的地方，是他写作的基本点和立足点，是他作为一个地域性作家受人尊重的因素。

读史使人明智，然而，读历史考据文章却让普通读者乏味，这是通常的情形。读楚荣兄这些历史文化随笔，却没有这样的毛病。在这些作品中，我们随时能感受到现实的生活，或者说，在字里行间，我们时时能感觉到现实生活中一位历史文化研究者在奔忙、在寻觅、在钻研，这是尤其令我感动的一点。书中许多篇什，就是从这位研究者和他的同行对一件文物、一处古迹、一块石碑、一首古诗的发现、摩挲、欣赏、考据开始，减少了引经据典、咬文嚼字、孤僻考据的枯涩之虞，增添了文章的现实氤氲、盎然生气，提升了作品的可读性。我要说，生活在拥有数千年历史文化积淀的家乡，楚荣兄才有了这样一批历史文化随笔作品，这是研究专家、作家之福；反过来说，有了楚荣兄这样厚重、深沉、博学、勤奋的研究专家和作家，又成了我们的家乡之福。

为此，我要隆重地向读者诸君推荐楚荣兄这些作品，为了我们共同的家乡，也为了这些作品本身，更为了这样一位写作态度极为认真的作家。

前面说了，我与李楚荣兄是同乡、同学、同好。不过，准确地说，我俩不仅是广西宜州市同乡，而且是宜州市庆远镇的街坊，两家相距曲里拐弯也不过一里地；我俩简称为同学，其实他是我的学长，当年在宜山中学（今宜州一中），他高我两个年级，学弟对学长总觉敬畏，故而不曾有过交集，但他当年的一头卷发让学弟们至今难忘。至于同好，则是一种准确的关系界定。我们都同好于历史文化，尤其是同好于家乡的历史文化，还同好于将这些历史文化书写成文，以报答生育我们养育我们的家乡。

是为序。

《宜州文化漫笔》（李楚荣著），
2014 年 9 月出版（出版社不详）。

辑三 为报刊作序

《漓江》文学季刊 1986 年刊首语四则

怎么办

——《漓江》发刊词

我们希望成功。

也许我们很有点儿不识时务，不自量力。我们存在于文学期刊其多如鲫，读者反应却渐趋平静的今天，存在于当代文坛各种沙龙之外以及一个又一个自然的与自诩的文学高度之下，却要创办一个大型文学丛刊，并希图引起众多读者寻索和阅读的兴趣，成为作家们一次乃至多次的话题，甚而希图获得在当代文学史上留下哪怕只言片语的荣耀。存在与希望在这里产生了显然的矛盾。

然而，我们决计与存在作一回抗衡。这是生命的最辉煌的意义，人类发展的力之激荡，文学事业创新的惟一出路。

于是，1986 年新春伊始，我们创办了这个刊物，并保持着如上种种希望。

问题在于怎么办。

我们当然愿意承受改革这个大时代赋予一个文学刊物的使命。我们当然不会因为身处边地而自惭形秽，漓江之滨的独秀峰给了我们突破存在之困囿的艺术昭示和勇气。更为重要的是，我们窥见了密集的文学期刊之林尚有一块隙地可供开垦，我们自觉遥遥听到了一种文学大潮之涛声且隐约看见了跳腾的潮头，为此而憧憬而兴奋而跃跃欲试。

那就是：长篇小说创作的大潮正在到来。

长篇小说创作必将成为新时期文学第二个十年的主攻目标。这是我们所处的改革的大时代必然造成，是一个伟大民族的文学的必然趋向，是当代文学高频率、高更迭的无序状态的必然归宿。当代中国文坛，鸿篇巨制的文学界碑正在远处云端之上犹抱琵琶，雄心勃勃的中国作家正倾其心力千呼万唤。时机是可贵的，能把握住时机则尤其可贵。于是，我们决定新创办的刊物以发表长篇小说为主。我们将为各种优秀的鸿篇巨制无偿奉献发表园地，将努力让《漓江》汇入这浩浩荡荡的长篇小说大潮中去。

当然，希望绝不会轻易地成为现实。我们只是画定了一块地盘，一块一无所有的地盘，耕耘刚刚开始。我们当然更倾心于紧扣时代的史诗性的鸿篇巨制，倾心于具有强烈现代意识和宏大的人类感的佳作，然而也以同样的热情迎接各种风格流派的作品，只要它们真正具有艺术价值。我们需要一切真诚而高尚的作品。我们诚挚地期待作家们和广大读者同我们一起耕耘这块文学新垦地。

至此，我们还不能说刊物怎么办的问题业已解决。事实上，每一期的设置、每一篇作品的取舍都将面临一次选择。但是，我们毕竟进行了一次总体预测。未来学家们指出，预测一个实际需要的、有说服力的未来形象，对于提高信心、发挥能动性是至关重要的，必不可少的。我们的预测增强了我们的信心。

我们应当成功。

致作者

——《漓江》1986年夏季号刊首语

本刊热忱欢迎中、长篇小说来稿。

实话说，敝刊并非缺稿，恰恰相反，敝刊积稿甚多，还真有些"积重难返"——时常要为退稿邮资的昂贵而发愁。

敝刊缺少好稿。

那么，怎样才算是好稿呢？文学创作发展到今天这"多元化""多层次"的地步，就是大文豪似乎也不敢硬说小说非怎样不行。倒是编刊物的偏偏要跑出来说几句，因为时常有人写信来问，因为各位的大作要经我们的手推给广大读者。

其实，敝刊收到的大量稿件，也大体上都符合当今文学作品评判的大前提，对于这，各位心里明白，笔下也拿捏得很准，不赘。我们要说的是，许多不晓得算不算得上是纯文学的非通俗性小说却俗不可耐，而通俗性小说又死活不肯通俗起来。

雅俗既不"共"又不"赏"，这是敝刊的困惑，也是中国当代文学由来已久的尴尬和困惑。看来，中国当代文学要上去，先得出现纯文学和通俗文学的二元发展。敝刊也就趁机把话说得明白一点：目前，不是耐看的纯文学作品，就得是好看的通俗小说，别的暂勿寄来。

立志于"走向世界"的纯文学作家们，愿你们"心灵的体操"优雅一点，"昼梦"做得超拔一些，深邃不让老庄，济世不落孔孟，激情不输李杜。尤其重要的是，多来点有意味的形式，造一套你自己的语言，在文学本体上多下点功夫。不必担心敝刊因为发表你们曲高和寡却真正有文学价值的大作而亏了本钱，我们当在所不惜。

有志于"走向大众"的通俗小说作家们，我们还真喜欢读到各位好看的小说。各位切莫眼睛只盯住武侠、言情、侦破。其实，社会纪实、政治变革、历史变迁同样也能写成很好看的通俗小说，只是长期以来有人自命清高贬通俗为庸俗而不愿和不敢承认罢了。文学发展到如今，我们反正是认了，各位就潇潇洒洒把小说写得真正好看一点，为更多的中国老百姓所喜闻乐见。一个作家能拥有大量的如痴如醉的读者，实在不是什么坏事情。

致读者

——《漓江》1986年秋季号刊首语

《圣经》中有一句训诫，看似普通，实则不易做到，那就是："爱你的邻居。"《漓江》创刊之初，我们也想模仿着给自己定下一条类似的训诫："爱我们的读者。"在文学刊物不甚景气的今天，强化文学刊物与读者之间的合作精神已成当务之急。

办刊物而忽视读者，这就有如做生意的人不理睬顾客，甚或讨厌顾客问津，当然十分可笑。问题还在于，办刊物不是做生意，不是逢迎顾客做成买卖便能完事的，这里面还包含着高尚的精神活动。于是便有"爱我们的读者"的训诫提出。

人生的经验告诉我们，你一旦真诚地爱上了一个人，便会努力了解他的好恶，理解他的忧乐。倘若我们能如爱我们的亲人一般去爱我们的读者，我们便有可能迅捷、深切而准确地感触到读者们的真情，体味到读者们高尚的艺术情趣，《漓江》的涛声便有可能与广大读者的心声形成共鸣。我们讨厌那种漠视读者的面孔。用虚无的表情以示清高只能归于自身的虚无。当然，爱我们的读者，我们还要奉献最好的作品来培养大家的鉴赏力。曲高和寡，是规律；随着时光迁延，曲高也能知音渐众，这也是规律。因此，我们想在文学本体上追求一些真正高明的哪怕暂时和者盖寡的艺术珍品。阳春白雪与故弄玄虚以至于不知所云完全是两回事。《皇帝的新衣》的笑话在自命不凡的先锋派艺术的沙龙里已经屡见不鲜。爱我们的读者，我们就要老老实实地杜绝此类笑话在刊物上重演。

当然，媚俗也是艺术的大敌。我们盼望有更多的读者喜爱《漓江》。当看到读者掏出二元人民币购买《漓江》，我们会感到这纸币沉甸甸的。这会警策我们增强职业道德感，加倍地爱我们的读者。如果某一天，当赚钱成了我们惟一或最高的目标，那就说明我们已经不爱我们的读者，社会责任感与文学兴趣也将付之阙如。那时，我们的脸上——我们的刊物上将浮荡着一种不洁的神情，也许我们会对读者加倍地热乎，但那不是爱，而是奸商的诈取、禄蠹的诱惑，我们也就成了无聊文人。

爱，不是一件轻松的事，爱我们的读者，真正做好则尤其不会轻松。但是，无论如何我们得努力去做。办好一个刊物，编辑——作家——读者三者同样举足轻重。审美对象的创造到审美主体的参与，这是创办一个刊物的全部过程。因此，我们爱读者，也盼望读者爱我们，盼望读者把《漓江》当作亲朋好友来关心，中意就叫一声好，不满就骂一声丑，而无论说好说丑，我们都会有被关心的感动，都会激励我们把刊物办得好一些，更好一些。

岁末自省

——《漓江》1986年冬季号刊首语

《漓江》创刊，生长将足一岁。编者作者，通力合作，勤勉之意可察，拳拳之心可鉴。读者论者，褒贬不一，既可引作诤谏，更可视为关心。然而，春夏秋冬四期刊物，寒来暑往二百万言，未能惊世，未能骇俗，未能造成争相传阅、"洛阳纸贵"之美谈，不免令我们惶恐、怅惘、忧虑而为之深省。如此情势，自然不能用我行我素的清高、纯文学不与通俗趣味苟合的倨傲可以对付过去。同情者与宽厚之人对此多有"生不逢时"之论：通俗文学近年其势如潮，《漓江》既为纯文学为主的刊物，不便随波逐流，自然不能于当时讨好。乍一听来，这话中听且甚感宽慰，审时度势，乃成就事业之必须；时势造英雄，系今古天演之规律。然而，时势与英雄，绝非仅为春风与禾苗幼芽的依存关系，倘若仅限于此，大体要落入猪圈哲学中去。英雄当有强壮之体魄，方可能凭借时势提供的天地拼搏，做成事业成就。有报载：阿拉斯加自然养鹿场，原为鹿群安逸栖息的乐园，不久，发觉鹿群体质渐见衰弱，无以药救，后有专家提供良策，引进适量恶狼，恶狼逐鹿，鹿群拼搏，汰劣留良，鹿群反而生机勃勃。通俗文学非狼，纯文学却也不应再作乐园中安逸之鹿群。相互竞争，各自强壮起来才好。可见，《漓江》亦非生不逢时，既为纯文学为主的刊物，值此通俗文学势如潮涌之时，更应强化文学性，兼以借助于通俗性。过去一岁，因为幼稚，因为地僻，因为种种缘由，未能在文学本体上多所追求，未能在人类精神上多所贡献，未能在作品选择上多有新意，雅而未能真雅、高雅，严肃而未能深刻、深厚，实在办得不够漂亮，断不能推卸责任于时势。恰恰相反，而今竞争之时势，提供了强壮之可能，我们应当引以为幸事。今年不行，明年再来，雄心不减，事业便有希望。

以上为岁末自省。诸位明年再见！

一本书主义与一本书运动

——《中国编辑》2005年第5期刊首语

"一本书主义"，如今已经难得有人提起；"一本书运动"则是本人的杜撰，拿来和各位编辑出版同仁讨论。

想起还在不更事的少年时代，很是谈"一本书主义"色变的。回想起来，既因为这是所谓"大右派作家"丁玲的"右派言论"，很吓人，也因为那时候社会出版量很少，一个人能出一本书，也是很吓人的。我们这个民族，自来是把文章当作千古事，当作经天纬地、经国纬业之事，把白纸黑字看成是铁证如山。其时，某人出版一本书，在普通人眼里那就是惊天动地的传奇故事了。所以，在我这个做着作家梦的少年人私心里，竟然对"一本书主义"产生过十分谨慎的、暗暗的景仰。

现今大家都不怎么说"一本书主义"了，无非是出书已经成了平常之事，把一本书还当成一生追求的主义，说出来当心人家耻笑，看小你了。文化生产力极大提高，学术自由，文艺繁荣，教育兴旺，知识普及，出版事业和出版产业大发展，多出好书，首先总是社会进步的大好事；作者要生存，经济收入要改善，不能只指望一本书的稿费，自然要多写快出，也是没有办法的事；至于出版社，关乎到事业的发展壮大，几十人、上百人的生计，总要保持相当的生产经营规模的。所以，"一本书主义"，似乎不太好强调了。

然而，许多书出得太容易、太轻易、太随意、太泛滥、太算不得什么东西，又不免让人遗憾、厌倦。不少读书人不愿进书店了，害上了阅读厌食症。泥沙俱下，鱼龙混杂，良莠莫辨，真书假书难分，甚至劣币驱逐良币，黄钟毁弃、瓦釜雷鸣，大量的书速朽，如此情势之下，再说什么一本书，显得也过于不谙世事了，更不必说还撑成个什么主义。

但是，我加倍地怀念起"一本书主义"来。有时就突发奇想，可以在科研院所、高等学府、文联作协这些地方，发起一个"一本书运动"，即：原则上——很多事情都是原则上，一个专家、学者、作家，十年（绝不是一生！）只出一本书。理由是有十年磨一剑的古训，《红楼梦》就是"批阅十载"而成，有已故范文澜先生的那副对联"板凳要坐十年冷，文章不写一句空"的精神感召。圣人孔子一生也只有一部《论语》，亚圣孟子也只有一部《孟子》，庄子只有《庄子》，老子只有5000字《道德经》，司马迁只有《史记》，刘勰只有《文心雕龙》，等等。自然，我知道，此议一出，必被群起而攻之，以为这是痴人说梦。不说也罢。

可是，我倒觉着，一定要向编辑出版同仁提出一个建议，大家来开展一个"一本书运动"。所谓"一本书运动"，即指：一位编辑，十年编辑出版一本有长久价值的"在书架上留得下去的书"。所谓好书，标准自然是多方面的，要由读者和专家们来评价。我这里单指那种"在书架上留得下去的书"，也就是说，是功在当代、利在千秋的书。还是说圣人孔子罢，他算是咱编辑行当的祖师爷，老人家编辑的"在书架上留得下去的书"也就是 6 种，即《诗经》《书经》（今仅存《尚书》）、《易经》《礼记》《春秋》《乐经》，后一种并没有流传下来，今人还在努力搜寻考订。战国末期的秦相吕不韦集合众多门人共同编辑、撰写多年，也只留下了一部《吕氏春秋》。南朝梁代的昭明太子萧统虽然短命，以一部《文选》也就长存于世。康熙年间进士陈梦雷领衔编纂《古今图书集成》，还让位给雍正朝的户部尚书蒋廷锡署名。《四库全书》是乾隆皇帝的钦点工程，总纂官纪昀便以此书声名远播，被今人在戏文中大大地神话起来。还有，张元济主持编辑的《辞源》，陆费逵主持编辑的《辞海》，孙伏园编辑的鲁迅小说《阿 Q 正传》，等等。自然，这些编辑大师出版的好书远不止此，可是，一个编辑出版人，能有一部书能留得下来就算得上了不起。我等不才，就从一部书做起吧。试想，全国 560 多家图书出版社，大约 2 万余编辑人员，平均起来，一年奉献 2000 种"在书架上留得下去的书"，那将是一个什么景象啊！

我知道，这依然是我的非非之想。但是，我不是在这里毫无新意、令人生厌、拾人牙慧地嘲讽图书品种增长的老掉牙的话题。图书品种增长过快，还不能一概而斥之为生产过剩或数量品种扩张低质低效。可以肯定，这个现象很大程度上反映了出版单位的粗放性经营的弊病，反映了市场信息不对称的问题。然而，从社会进步发展的趋势来看，图书品种增长是必然的，文化科技创造力提高，读者需求呈多样化趋势，作者创作追求更强烈的个性化，反映到出版发行业来，首先就是品种增长。应当全面客观辩证地对待这个现象。但这不是本文要讨论的问题。我只是想到，作为一个有文化理想、有抱负的编辑出版人，多做一些有长久保留价值的图书，为国家的文化建设做一点有长久价值的贡献，应当成为我们的职业追求。我不敢把话说得太大，照着最小的数量——一本书去做，一个编辑，十年可以编辑出版很多书，但一定要去做一本留得下来的好书；倘若不行，就二十年做一本；索性，一生只做一本！如能是，到了我们告别职业、告别人生的时候，一定能少一些懊悔和羞愧，多一点自豪和欣慰的。

我们需要什么样的出版精神

——《出版参考》2006年第4期刊首语

　　出版业内，市场、产业、集团，实力和竞争力，经营之道与市场运作，投资与资本经营，近几年来成了不折不扣的热门话题。中国加入世贸组织，经济纳入全球化轨道，出版产业必须做强做大，不讲实务当然不行。可是，出版精神讲得不够，却也是一个显而易见的事实。当资产和利润成了出版产业的刚性指标之后，关于出版的另一面，精神的那一面，推广思想、文学、艺术、文化、知识的使命，坚守良好的职业精神，保持高尚的职业道德，服务于作者和读者，这些属于出版精神方面的丰富内容，似乎通常被浓缩到"社会效益"一个语词里，被很多文章一笔带过。这不免令人担忧。

　　现在，做企业管理的要讲企业精神，做市场流通的要讲商业精神，搞第三产业的讲服务精神，搞艺术创作的讲艺术精神。出版业作为内容产业，首先就是一种高度的精神活动，能不多谈谈出版精神吗？

出版的精神内涵很丰富，包括文化精神、科学精神、服务精神、商业精神、学习精神、职业精神和职业道德等。一个出版机构，被学者、作家们乃至读者们看重的最终还是出版精神。这正是那些大社名社的"大"和"名"的原因之所在。

被毛泽东称为"新闻出版事业的模范"的邹韬奋，他把平常的出版工作看成是出版人职业的尊严，现代中国人生存的尊严，民族文化的尊严。他的经营理念和管理艺术，丝毫不亚于当今闻名世界的国际出版集团 CEO 们，但是，在经营活动中，他始终如一坚守的是文化至上的原则，"两个效益"统一的目标。他写于六十多年前的名篇《事业性与商业性的问题》，对文化理想的弘扬和社会责任的强调，足以让今天的我们警醒、深思。

张元济以"开启民智，扶助教育"为宗旨，将商务印书馆从一个印刷作坊引领上现代出版之路，建设成为一座现代出版重镇。在那个黑暗、落后、腐朽的社会里，他有许多划时代的创举，编写新式教科书，翻译引进西学名著，凭借文化启蒙的精神和社会责任的支撑和烛照，开启了我国现代出版业的历史。

20 世纪 70 年代，钱锺书将《管锥编》书稿托付给中华书局资深编辑周振甫。因为周振甫编辑出版过钱著《谈艺录》，二人成了莫逆之交。周振甫一如既往，严谨认真地编辑书稿，付出巨大劳动。钱锺书在书的序言中感动地写道：

"命笔之时，数请益于周君振甫，小扣则发大鸣，实归不负虚往，良朋佳惠，并志简端。"周振甫以其十分纯粹的职业精神和职业道德，写就了出版界的一段传奇。

文化理想、文化精神、社会责任，是出版精神的主干，具体到从业过程中，职业精神和职业道德，则是出版精神的外化和具体化。出版者职业精神和职业道德的核心，就是诚信和服务。

兰登书屋创始人塞尔夫的出版理念是，"称职的出版家"必须为人们的全面需求做出贡献，因此他不仅成功地出版文学畅销书，也精心地出版"亏本的诗歌"。他不喜欢著名诗人艾兹拉·庞德，并发下毒誓绝不出版庞德的作品。这当然是他作为一个老板的权利，无可厚非，可后来受到文学界批评时，他居然能坦诚认错，这就很难得了。他是把出版当作一项事业来对待，表现出一种文化至上的精神和非常端正的职业道德。

俄罗斯 19 世纪著名出版家绥青，与托尔斯泰等作家合作，长期为平民读者出版高质量、低售价的图书。他联络作家、组织编辑、选择插图、安排印制、四处推销，还要应付无理的处罚诉讼。但他一往无前，"把全部的热爱和精力一起献给了这一事业"。我国有八亿农民，可读之书甚少，是不是应当多出几个绥青呢？

美国出版界的编辑元老帕金斯永远把与作者一起完善作品看成是自己的天职。他最大的特点是毫无保留、毫不退让地帮助作者完善稿件。为了修改书稿，他经常和海明威等名作家争吵不休，自己戏称为"进行某种生死搏斗"。而我们的编辑呢，他们也是毫不退让，只不过是"毫不退让"地要作者抢时间、不改稿、争商机，主张粗制滥造，堪称"破坏创作"，相形之下，令人汗颜。

出版业在进行改革发展、做强做大的宏大叙事，在为市场、营销、效益、利润这些必要的成果欢欣鼓舞之时，还应当大张旗鼓地弘扬出版的精神。高尚的出版精神，是出版之本，是出版之魂，是出版之精要，是出版之所以能够受到高尚的人们尊重的缘由，是人类文明中可宝贵的精神财富，是出版业得以健康发展的根本保证。

致俄罗斯读者

——《中国图书商报》2007年莫斯科书展俄文版刊首语

　　《中国图书商报》是中国出版界最重要的报刊之一。在俄罗斯中国年活动中，《中国图书商报》在俄罗斯《图书评论报》的协助下，出版俄文专刊，很有意义。出版物是传播经济、政治、文化、社会信息的重要载体。正如对现代中国产生过影响的19世纪俄罗斯作家赫尔岑所指出的："书籍是和人类一起成长起来的，一切震撼智慧世界的学说，一切打动心灵的热情都在书籍里结晶形成。"中俄两国之间的战略合作，两国关系的健康发展，两国300余年文化交流史的延续，两国人民友好情感的交流，需要通过多种途径和载体，出版物就是其中重要的一种。出版交流与合作甚至是两国交流与合作中比较稳定、恒长、深入、全面的一种形式。《中国图书商报》出版一份以介绍中国出版业的俄文专刊，可以为两国出版业的交流与合作提供一个窗口和一座桥梁。有兴趣了解中国图书的俄罗斯读者，可以借助这个窗口欣赏到中国图书斑斓的魅力一角；有兴趣与中国同行合作的俄罗斯出版人，可以通过这座美丽的彩虹般大桥找到满意的合作伙伴。

《中国图书商报》是中国出版集团旗下标志性的报刊。中国出版集团是中国出版业历史最悠久、品牌最响亮、出版物品种最丰富的国家级出版发行机构。中国出版集团旗下的出版社翻译出版过大量的俄罗斯作品，同时，也输送过许多中国作品到俄罗斯翻译出版。这种友好双向的合作，提升了国际出版合作的意义，亦即是两种文化相互了解、相互辉映、相互交流、相互营养而又独立自主、发展壮大的意义。中国的先哲孔子在 2000 多年前曾经提出过一个著名的观点，即对事物看法不同的人也可以和谐地相处。这一观点至今仍很有意义。世界各种文化既和谐相处，又相互辉映，这应该成为人类文明发展的谐美之境。中俄两国出版业应当在这样的境界里发展双方的合作。

"身无彩凤双飞翼，心有灵犀一点通。"这是中国唐代诗歌的名句，大意是：人与人尽管被地理所阻隔，美好的心灵却是可以感应相通的。中俄两国文化虽然不同，可具有悠久传统友谊的两国读者心灵却是相通的，两国出版人也是心有灵犀的。开放在美好心灵之上的出版物之花必定艳丽芳香。值此俄罗斯莫斯科书展开幕之际，请接受我——一个中国出版人和作家的美好祝愿，祝愿中俄两国人民的友谊源远流长，两国出版业的合作不断结出丰硕的果实！

出版群星闪耀时

——《中国新闻出版报》"新中国优秀出版人物" 特刊寄语

庆祝新中国成立 60 周年，全国评选出了 22 位杰出出版家和 100 名优秀出版人物。出版业可谓一时群星闪耀。无疑，其中最为明亮耀眼的是 22 位杰出出版家，他们是新中国出版事业的奠基者、开创人。令我感到格外振奋的是，里面竟有 10 位杰出出版家，曾经是中国出版集团公司所属成员单位的创始人或领军人物。

评选活动所褒扬的不仅是每一位杰出出版家，他们的辉煌业绩和历史性贡献，更重要的是杰出出版家群体集中反映出来的非凡的精神。这精神之所以称得上非凡，因为这是传承与弘扬人类文明和民族文化的精神，是创新与传播优秀文化的精神，是服务社会和大众无私奉献的精神，是殚精竭虑，大力提高出版传播能力的精神。出版精神是出版事业之本，是出版人之魂，是出版业受到社会普遍尊重而为历史所永远铭记的深刻原因。

出版精神当然是丰富的。然而，集中到一个基本点上，还在于出版活动对于文化的贡献上。新中国成立不久，人民文学出版社创始人冯雪峰既大力出版新创作的现实题材优秀长篇小说，也大胆出版中外古典文学名著。出版中外古典文学名著还需要大胆吗？在当时确实需要胆识的，所以在当时堪称是开新中国先河的出版行为。冯雪峰一句"古今中外"的出版宗旨，与其说是在为出版社规划的出版格局，毋宁说是他为出版业奉献的闪光思想。商务印书馆的创始人张元济始终坚持出版为昌明教育的宗旨，有人以为他只是主张做教育出版，其实他一直认定："出版之事，可以提携多数国民，似比教育少数英才尤要。"改革开放之初，商务印书馆领导陈翰伯、陈原等就提出要积极翻译出版世界学术名著，为解放思想，广泛吸收人类文明成果提供优秀的学术经典。同样在改革开放之初，姜椿芳同志四处奔走建言，呼请国家组织编纂出版中国的大百科全书，为建设先进文化提供更为广阔的文化科学知识。还有许多事例，在此不一一列数。总之，可以说，没有哪一位杰出出版家在文化上没有一番卓越的贡献。文化的贡献，是出版精神真的灵魂，是高尚的出版行为的出发点与归属。在文化体制改革不断深入、出版产业发展日新月异的今天，我以为有必要多谈一谈出版精神，因为这是我们出版人的灵魂。在市场经济大潮中，各种营销手段无所不用其极，经济效益时在念中，然而，我们仍然需要冰清玉洁的文化之魂，唯此方能促进出版产业更好更快、更加健康地发展。

我们坚信，文化建设，特别是传承优秀文化，建设先进文化，永远是我们的根，是我们的灵魂，是我们的精神归宿。前辈杰出出版家一直是我们的楷模。中国出版集团公司大厅里有一面墙，上面挂着数十位前贤的照片。集团公司9楼有一条历史长廊，长廊上矗立着一座座杰出出版家的铜像。我们每天都在大师们目光的注视下开始新的一天的工作，每天都流连于大师们凝聚过无数心血的商务印书馆、中华书局、三联书店、人民文学出版社等知名出版机构，因之每天都能感受到大师身上的出版精神和自己肩负的重大责任。

我们要坚持把以文化为宗旨的出版精神化入出版企业管理的过程中。出版企业首先是一个文化机构，要把健康的企业文化建设放在企业发展的重要地位。我们要帮助员工树立职业目标、找到发展方向，要为他们提供不断成长的阶梯，要使他们真切地感受到文化从业者的尊严与荣誉，使他们真切地享受到从事文化行业的乐趣和幸福。同时，要让全体员工清楚地认识到，成功经营文化产品并且获得丰厚的经济效益，那该是多么美好的事情。

我们尤其要坚持以先进的管理理念来推动企业的全面创新。今天的人们绝不可以认为老一辈出版家都是株守书斋的腐儒。事实上，杰出出版家都是一时创新的文化豪杰。暮气沉沉、墨守成规、自得其乐，如此种种行状，与杰出出版家无关。出版家必须时时在行动中。在文化改革发展过程中，我们埋怨老出版社的体制机制落后，领导思路阻塞，精神状态萎靡，企业没有活力，如此等等，都不是杰出出版家们所倡导的。冯雪峰率先出版中外古典文学名著，商务馆大张旗鼓出版汉译世界学术名著丛书，《中国大百科全书》的编纂工作几乎被怀疑是狄德罗启蒙主义的翻版，哪一个举措不需要创新与胆识！我们一直提倡建立鼓励创新、支持创新的企业文化，而只有这样才能够培养出具有优秀品质、高尚精神的优秀人才，也只有这样才能真正发挥一个文化企业的应有价值。

我们与前辈出版家事实上面对的具体问题也许并不是一回事。今天放言资本、股市、利润、多元化、战略等，在他们那时也许以为是天方夜谭；而他们那时津津有味交流作品的创新，现在似乎也被今天的一些大出版企业家以为迂腐，以为来钱太慢。此一时者彼一时也，然而创新的意义是一致的。这时，人们要问，为什么今天还要来评选纪念这些先贤呢？很显然，我们要继承的是出版业最重要的精神内核——文化，因为近来太需要特别强调了；我们要发扬的是出版业必不可少的精神特征——创新，这在今天也还需要加大力度。总之，文化与创新，是杰出出版家不朽之精神，出版业不朽之盛事。

《中国美术》创刊寄语

　　《中国美术》创刊，受到我国美术界、出版界和美术爱好者广泛而热切的关注。一个以"中国"命名的新生刊物，理应受到高度的关注。为此，我们有理由希望《中国美术》能够坚持正确的出版导向和艺术方向，有理由希望刊物能充分反映我国当代美术创作、研究、交流的整体风貌，有理由希望刊物能突出显示我国当代美术创作与研究的中国作风和中国气派。出版者的办刊理念中特别强调将努力反映我国美术创作与研究所具有的时代精神，也就是说，与时俱进、改革创新的精神，是以人为本、协调发展的理念和共建人类美好精神家园的理想，将在《中国美术》上得到强烈体现，这尤其值得我们寄予热切的厚望。

　　《中国美术》创刊，明确宣示要"为当代艺术立传"，显示了办刊者强烈的使命感和责任感。为艺术立传，就需要把握艺术鲜活的当下和历史的积淀，要有历史感和未来感，更需要刊物不竭的活力。一个高品质的刊物，最不能缺少的就是活力。为艺术立传，所立之传必须是真艺术。真艺术应当鲜活，真艺术当具深度，真艺术应有魅力，真艺术既是民族的又是世界的。总之，真艺术须得是真善美的。我们希望看到真善美的《中国美术》。

《中国美术》创刊，把"秉持公正立场"写在自己的旗帜上，让我们强烈地感受到刊物的一股凛然正气。祛除艺术与出版的不良风气，改善艺术与出版的秩序环境，成为艺术界和出版界人士的广泛共识和共同心声。然而，一个刊物要真正做到公正并非易事。办刊者既要有"铁肩担道义"的勇气，又要有"妙手著文章"的能力。办刊者既要出以公正之心，不迎合，不媚俗，不势利；又要有主持公正之力，能分艺术的高下，辨作品的良莠，道事物的短长。鲁迅先生曾指出："指其所短，扬其所长"或"掩其所短，称其所长"均无不可，然而那一面一定得有"所长"，这一面一定得有明确的是非，热烈的好恶。我们真诚地希望《中国美术》至少能这样来秉持艺术的公正，为我国艺术和出版奉献一片蓝天、一块净土。如能是，《中国美术》的创刊就是美术界、出版界和美术爱好者值得寄予美好祝愿的重要事情。

衷心预祝《中国美术》创刊成功，越办越好！

2010 年 7 月 15 日

《中国美术》杂志，中国美术出版总社主办，2010 年 7 月创刊。

提振出版走出去的推动力

——《出版广角》2011年第9期刊首语

一个出版强国，应当具有国际出版市场相当的拓展和传播能力。因而，提高出版走出去水平，成为国家"十二五"新闻出版业发展规划中十分重要的部分。

"十二五"新闻出版业发展规划关于出版走出去的安排，认真总结吸收了我国出版业改革发展实践的许多宝贵经验，既全面周详，又与时俱进，因而颇具新意和可操作性。推动版权走出去，推动实物产品走出去，推动数字出版产品走出去，推动印刷服务走出去，推动新闻出版企业走出去，拓展走出去国际营销网络，构建走出去人才体系，优化走出去格局，从版权、产品、人才到企业、资本直至市场布局，较之于过去任何一个时期的出版业国际发展规划都要全面、科学、务实。这是一个建设出版强国的国际化发展规划。

有了上述一连串的"推动"，人们不禁要问，推动力在哪里？如何才能提振推动力？应当由谁来推动出版走出去？

是天下大势在推动出版走出去。经济全球化势必有力推动文化国际交流、交锋、交融。马克思、恩格斯在《共产党宣言》里指出，物质的世界市场形成是必然的，精神的世界文学（这是包括文学、艺术、哲学、科学等在内的文化概念）的形成也是必然的。当今时代，世界变平，文化竞争愈加激烈。我们的文化今天不走出去，就有可能明天走不出去、走不进去，这不以人的意志为转移。国家文化软实力竞争乃大势所趋，顺之者昌，逆之者亡。

是国家意志在推动出版走出去。文化软实力在综合国力竞争中的作用越来越重要。泱泱中华，世界大国，目前文化影响力、竞争力却与大国地位并不相称。经济能壮大我国之体格，文化则会强健我国之精神。国家要实现科学发展，必须以高度的文化自觉推进国际文化交流，推动中华文化走向世界。

是出版生产力发展在推动出版走出去。作为第一生产力的出版生产者（作者、编辑、出版人），为了生产价值的更大实现将不断产生强烈的国际拓展的诉求。为了综合利用和开发国内国际"两种资源、两种市场"，实现经营效益的最大化而走出去，这是出版产业集约化发展的需要。资本的力量正在出版产业显现，在国际出版市场寻求投资机会，实行本土化经营，推动出版走出去。

是国际市场需求在推动出版走出去。市场经济，需求至上。有什么样的合理需求，就会有什么样的产业发展。中国现象正在引起国际社会越来越强烈的关注。国际社会需要认识中国，解读中国，国际读者需要听取中国故事，感受中国文化。这就是市场最重要的社会需求基础，也就是通常所说的商机。中国出版产业有责任为满足如此重要的国际市场需求而走出去。

认清出版走出去的推动力，才能提高各方面的自觉性和责任感；而更重要的则是要大力提振推动力，才能使得"十二五"的宏伟规划得以真正实现。

提振推动力，首先有赖于包括出版产业在内的各方面对各种推动力认识的提高和深化，责任和任务的分解和落实。在天下大势面前，出版业要在政府宏观调控指导下制订有大视野、大抱负、大气象而又切实可行的发展规划。在体现国家意志时，政府有关部门应当提供更加优惠的政策和更加积极的财政支持，反之则空谈误国。而更多的任务还在于产业自身，在于企业、人才、产品、资本以及经营，等等。资源要更为有效地在走出去进程中进行配置。虽说资源配置的最终要求还在于市场，但国际市场对于我们只是一块需要培育的新垦地，我们既要遵照市场经济规律办事，又要加大力度，有重点地去培育一些具有战略意义的国际市场。

最后我们要说，出版走出去最不可或缺的推动力就是中国出版人的内在动力。我们有高度的文化自觉，才可能讲述好中国故事；我们有充分的文化自信，才能传播好中华文化。文化生产是精神生产，精神生产最终靠人。在欧美强势文化面前，中国出版人应当自觉肩负起传播中华文化的使命和担当。凭着这样的使命和担当，我们从每一个版权产品输出做起，从每一种书刊出口做起，从每一次资本输出做起……

2011 年 8 月于胜古家园

辑四 为自己作序跋

集前书简

——小说集《去温泉之路》自序

编辑同志：

亏了您朋友式的鼓励和督促，亏了您老师般的信任和宽容，我的第一部短篇小说集稿子终于编选出来了。时值赴京前夜。明天一大早，我将郑重地把它交寄邮局，然后，大约还带着些沉重感，登上火车，去北京上学。以这本单薄的小书为标志，我的小说创作的第一个五年结束了，其间的成绩，亦如这本小书一样单薄。第二个五年（权且如此计划）开始了，但愿，去北京上学是此五年的开元小吉。您可以想见，此刻，我的心情是如何的不平静。屋外，初春的夜风拨弄着芒果树叶和柿子树叶，正发出簌簌的响声。

为了记住我曾经走过的路（哪怕是弯路），也为了让读者知道我从哪里走来，我把作品按照写作的先后顺序编排。同时还因为，这里面，我不晓得该选哪一篇作"横空出世"的头条，索性就任其自然罢。您知道的，我对"头条"从来是有些看法的。自己的集子，何必厚此薄彼，不选也罢。

除了错字病句非改不可，作品仍保留在刊物发表时的原貌（只《心之祭》补回被刊物编辑删去的第三节）。这绝非知错不改，只是不想"遮儿丑"，不想装出从来就十分美妙的面孔。因为，文学的道路是那么曲折，探索总是失大于得的。

我这么做，似乎有点儿洒脱超然。其实，恰恰相反，我此时的心境，是很有些怅惘，有些茫茫然的。

刚才，当把稿子从头至尾看了一遍之后，我忽然疑惑起来："我"是谁?

我不知道"我"是谁!

并非因为老朋友了，跟你开这种近乎司芬克斯式的玩笑。希腊神话中人面狮身的怪物司芬克斯，问路人：早上四只脚，中午两只脚，晚上三只脚的东西是什么? 答案是人。但是很多人却答不上，便被他吃掉。这个故事给我的启示是：人要认识自身，是极困难的。或许这并非故事的本意，只是我的引申。权且不去管它。只是，我要认识自身。我真正在思考着这问题，而且在不断为之苦恼。

我要认识的"我"，当然不是由履历表、政审表加上体检表确定的那种社会存在和自然存在，而是：在文学创作中，"我"究竟具有什么哪些独特的、镂心刻骨的生活体验，又究竟具有怎样的艺术气质、情趣和敏感点? 也就是，我的艺术存在。

去年十月，我和您都参加了一个笔会。还记得吗？在会上，有这样一个议题：我们广西的小说创作要上去，是大力反映独特的少数民族当代生活呢，还是大力抒写城市的时代风貌。会上各执一说，争得不相上下。当时我正忙于复习赶考，未有闲暇就此议题发表意见，但却一直萦绕于怀。现在想来，这有点像讨论商业行情（罪过罪过）。我以为，即便是当代很重要的社会问题，倘若你对此并无深切、真诚的感触，倘若那问题与你的整个艺术个性不能统一和谐起来，硬去写它，结果会怎样呢？也许，走红了，在社会的功名市场上赚得了一点利益（也只能用"利益"这个词）。然而，这对文学事业的发展又能意味着什么呢？文学要求于我们的，是真诚，是独特，是真诚和独特基础上的深刻，是真诚、独特和深刻表现出来的人民性。而上面提到的"利益"，与此基本上是风马牛不相关的。因而，我痛切地感到，必须按照这个要求认识自己，否则（也许是杞人忧天），文学规律将如司芬克斯怪物一样，会把我们吃掉的。

说到这里，十分愧怍，十分悚惧，我至今还不很清楚"我"与其他作家的主要区别何在，也就是说还不认识"我"。因为，我的作品面貌变化很大，很截然。有时候，我忽然心慌起来，觉得它们简直像一群士气不振、高矮参差的士兵，胡乱排成了一队，有的缺腿，有的少胳膊，帽子东歪西斜，衣襟左高右低，让人看了忍不住要发笑。这当中，有《砍牛》《春风》《岗波老爹》《驯猴人的悲剧》一类如山里老农民一样土气的作品，又有《去温泉之路》《心之祭》《玩鸟者》《魔鞋》一类有点青年知识分子情调的作品，还有《绣球里有一颗槟榔》《老同古歌》《猎人之死》一类富于传奇色彩的作品。这是就作品的整体风格而言。如果依语言特色来区分，有些作品基本采用的是广西桂（林）柳（州）地方语言，有些作品又基本是采用普通话书面语言，还有那么几篇是这两种语言的杂交，如《魔鞋》《绣球里有一颗槟榔》。题材虽主要以广西西北部山区生活为范围，但也写了一些那以外的生活。甚至寓言式小说也试写了一组（《天界山森林随感录》）。至于结构、叙述角度等艺术手法，更无定规。写的时候，想到怎么写能尽意，能不十分雷同于别人，就怎么写。我总想同自己较量，每写一篇都力求与自己过去的写法不尽相同。生命的形式是新陈代谢，艺术生命的形式也理应如此。艺术生命的常在赖于常变。有了这样的想法和实践，就造成了我这面貌高低如此各各不同的作品系列。我要从里面寻找出完全（至少基本上）属于我的有艺术价值的内核来，当然是困难的，要花上很大的气力的。

可是，无论如何，我还是应当找到一个统一而独立"我"！

当然，认识自己并不容易。这需要自我肯定和自我否定的勇气。需要借鉴。鉴者，镜子也。猫在镜子面前，不认识镜子里的自己，反而会扑上去抓它。我们是否也会犯这样的错误呢？是否也会把本来属于自己的艺术个性当作异物排斥掉呢？这很可怕。我们应当在文学作品的"鉴"——古往今来的文学经验，真诚的评论家和天然真诚的读者面前，仔细地识别自己。

您读了这些稿子，或者日后读者、评论家和文友们看了这本书后，如果认出了那个文学中的聂震宁具有什么个性，告诉我，我将会以获得新生的心情感激您和大家的。

夜深沉了。院子里响起了昂扬的头遍鸡叫。远处传来火车的汽笛声，令人思绪飘忽悠远。我该就此打住，一切放松地去睡一觉。明天，将开始数千里的奔驰，去北京，去文讲所，仍然是为了——寻找"我"！

用自己的喉咙，唱一支自己的歌，即使不是绝唱，只是野唱，但是能得到人民的欢迎，历史法官的首肯，此生足矣！

书不尽意。余后叙。

谨颂

春祺！

聂震宁　敬上

小说集《去温泉之路》（聂震宁著），
漓江出版社 1985 年 8 月出版。

集前赘语

——小说集《暗河》自序

一切真实的存在都蕴藏着艺术，只是我所未觉。

一切真正的艺术都表现着个性，只是我所未悟。

一切真诚的个性都昭示着道路，只是我所未见。

一切真确的道路都能通向人世，只是我所未知。

因而：

我写繁华的大都市，也写蛮荒的大山林；我写历史，也写现实；我写一切我所感知的存在，我写一切存在中我的感知。

我记住：是我写！

因而：

我希望走自己的道路，竭力于有独特的发现和表现，既不与别人抢道，也不想给别人让道。否则，我不如去经商，或者去办一个漂漂亮亮的印刷厂。

小说集《暗河》(聂震宁著)，

广西民族出版社1990年1月出版。

《聂震宁小说选——长乐》后记

只谈为什么一本自选集取了一个并不大气的书名《长乐》。

快要编完这本集子，南方的第二阵秋风吹来。与许多稍稍读过一些古诗词的中国人雷同，忽然就想起了辛弃疾著名的咏叹："却道天凉好个秋。"切莫以为我在这里接着要说明自己"而今识尽愁滋味"。我还不至于如此矫情，如此小布尔乔亚。此时想起辛词，实在只是一个识尽南方酷暑滋味的人迎接凉爽秋风时的欢悦和慨叹。在南方，我由衷地喜欢秋天。这里的夏天酷热而且漫长，冬天又太过短促而且不像冬天，因而春天也显示不出它的鲜活来。于是秋天愈见其可爱。

该绿的一切依然丰富地绿，枫叶渐次点染出冷静的寒意，稻田成片地黄了，凝重而圆融，秋水微澜平静但不瑟缩，鸟雀雍容大度且有些智慧。几天前我去了一处大山深处的温泉，深深体会到秋天里的温泉才最是温泉，它的不愠不火，它的融洽适度，称得上是秋意的一部分。南方之秋，丰

富，平静，凝重，圆融，冷静，智慧，雍容大度，不愠不
火，融洽适度，快乐之秋！于是，在高朗的秋夜，在惬意的
秋风里，我忽然决定就用《长乐》做书名。

　　我不讳言我喜欢自己的《长乐》。主要的原因并不在于
这篇作品为我赢得过荣誉和读者。我过于长久地享受这篇不
足六千字的作品所带来的快乐，几乎可以写成又一篇长乐式
的幽默故事，同时也从另一个侧面暴露出《长乐》之后我的
小说创作长进不大的事实。当然我也可以说自己更喜欢后来
的某篇作品，以此来抗争所谓长进不大的判决，顺便同评论
家们做一回游戏。然而这纯属自说自话，读者心中有秤，作
品不容我多嘴。何况文章千古事，耍这种小滑头没用。我之
喜欢《长乐》，坦言之，主要的原因在于我现在特别为自己
曾经平和过幽默过而感到高兴。不知道从什么时候开始，我
发现自己的幽默感与平和感俱减，紧张感与干巴感俱增，时
不时义正辞严，久不久急火攻心，闹腾之后又要懊悔好一阵
子。进而感到文化圈里平和气息幽默情调也日见其少。本来
是兴致所致随机而来的幽默，却要当心别人较真，弄得你脸
干干的也就罢了，弄出麻烦吃起官司来才讨厌。时有"近期
灭谁"一类险情传来，时有"文革"语言见诸文艺批评，文
艺批评见诸帮派圈子。平和者常有滑头之贬紧随其后，幽默
者定有贫嘴之名不离其身。相声没人笑了，小品没人叫好，
都说幽默笑料今不如昔。近期我看了一些传统相声名作的录
像，老实说许多就是不如现今的高妙。想想恐怕不是菜肴不

好，乃是食客胃口欠佳吧。

不独我们中国人如此，欧美人也好不到哪儿去。据报载，前不久国际幽默大会在瑞士闭幕，大会发表声明指出，幽默在我们的生活里正在成为越来越困难的事情，人们越来越不会笑了，英国人在经济并不景气的五十年代，平均每天笑十八分钟，到了经济高度繁荣的九十年代，每天笑的时间剧减至只有可怜的六分钟。参加幽默大会的德国精神病治疗专家迈克·蒂兹分析道："我们似乎创造了这样一个社会，人们都拼命地表现，期望获得成功。达不到这些标准，心里就不痛快，便产生耻辱感。许多人因此认为，他们没有理由笑。"剧作家们抱怨："现在创作一部能把人逗乐的喜剧比五十年前难多了。"这情况是不是与我们相类似？

中国人应当是推崇快乐的。"学而时习之，不亦说乎。有朋自远方来，不亦乐乎。人不知而不愠，不亦君子乎。"《论语》开篇就谈愉悦快乐，提倡君子不愠，可以想见，伟大的教育家孔子讲课一定态度平和幽默到家。先秦诸子大都提倡幽默，否则断然写不出那么多寓言杂谈来。至于后来我们的幽默怎么就渐渐稀少了，道学家的嘴脸、装死相的官人怎么就日见其多，快乐怎么就有了虚假性、盲目性、保守性，几千年的历史一言难尽。然而，人健康地活着，快乐是不应该没有的。而要快乐，幽默是不能没有的。我们可以揭穿谎言，摈弃愚昧，抨击保守，提倡实话实说。但不能放弃快乐的天性和权利。其实实话实说也有幽默趣味，中央电视台的节目《实话实说》就笑声不断。合乎道德的现代化理应给人类带来更多的快乐。譬如网上漫游就给我们带来了无比多的乐趣，网上常有大小幽默故事，这是人所共知的。

说这么些，就一个意思，我希望自己为人为文能够逐渐地平和快乐起来，逐渐地幽默下去。为此集过去并非都是幽默风格的作品以《长乐》命名之。尽管我知道这只是表明我的风格爱好，并不保证今后就能做得到。因为这将要求你丰富，平静，凝重，圆融，冷静，智慧，雍容大度，不愠不火，融洽适度。谈何容易！这是南方之秋的境界。在我的很多友人当中，迄今只有我敬重的一两位长辈作家到达了这等境界。至于我，过去是少年气盛，现在是杂务缠手，毁誉缠身，明知乃匹夫之勇，仍要拍案而起，树欲静而风不止，心欲幽而口难默，看来，要达到这等境界，用北京话说：慢慢练吧。

然而，有一点我自信能够做到：无论如何，保证平均每天笑的时间要大大超过英国人的六分钟的指标。

然而，还是要长乐——无论当南方的最后一阵秋风吹来时，我已经去到了什么地方。

《聂震宁小说选——长乐》（聂震宁著），
广西师范大学出版社 1998 年 10 月出版。

《我的出版思维》自序

信息爆炸响遏行云，皇皇巨著汗牛充栋，值此书多为患之际，我不知道再添上我这么一本小书究竟意味着什么。如果有人来问，我将无言以对。书中收选的文字，既非高头讲章能启人心智，也非探赜索隐可洞幽发微，原是为了各种各样的缘故所写，并不曾有过积跬步以至千里，日后结集出版的谋划。某日，有长辈师友说是应当结集出版，河北教育出版社的同行好友说希望出版，我才开始审慎地考虑起此事来。我一边很感谢他们的厚爱与美意，一边有点犹疑，怀疑这些文字到底有无集合起来让别人欣赏或者挑剔的必要。不过，犹疑归犹疑，能有书出版，总归是一件令人快乐的事。于是，我应承了下来。然而收集整理文稿，又花了很长时间——这是我犹疑的佐证，社长和责任编辑知道。

对于我来说，关于出版理论与实务的研究从来没有丧失过它的魅力和吸引力。每当我觉得在出版实务中有所收获而认识上有所提高的时候，我就感到一种激动，同时也就会有写作的灵感躁动于心中。有一位英国批评家说过这样的话：左拉因为要做小说，才去经验人生；托尔斯泰则是经验了人生以后才来做小说。比照这个说法，我做出版理论与实务一类的文章，可能比较地接近于后者，即经验了出版实务之后才来做文章。抑或说，我是一边经验着出版实务，一边做着文章。文章集合起来的这本小书，也就可以看成是还在进行中的工作。它记载着我在工作中的思维，因而将它们统一命名为《我的出版思维》。理论要求观点鲜明且相对稳定、周到，思维则可以是动态的，是进行时态的，是环境的产物，是实践的启示，是一事之旨趣、一时之精神。为此，我把写作的时间标注于文章的开篇处，也就是请读者明鉴，文章记载的多是我在彼时彼地一时一事的思维，也许有所过时，也许有所冒失，望勿求全责备，尤其是不足为训。

坦言为"我的"思维，是想说明，其中有许多是一己之念、一孔之见、一时之胜绩或憾事，谈不上一家之言，也不一定具有普适性、规律性和不可证伪性。出版界高人如云，前可见师长，后又见新秀，我的这些文章既经不起那些成体系的理论来扞格，也经不得别处事实的验证。我只是想表示，我的所思所想是真诚的。观点是真诚认识到的，事例是真实发生过的，业绩和憾事是真确存在着的，感想发自内心，思维来自现实。我素来认为，论及实务的文章，首要的品格就是真诚。书稿编选完成时，我曾想过要把其中一些比较重要的文章送请一些专家把关，后来觉得这样做有点矫情，不就是一本个人的小书吗？不值得如此谨小慎微，谦谦恭恭的，让人牙酸。随即打消了这个念头。总之，正确者真诚，错谬者也真诚，辨别知罪的权利主要在读者，请读者指正罢。

坦言是"我的"思维，还想说明，其中一些识见，对于我和我的出版社同事们大体是管用的。我以为，与出版实务紧密相关联的思维所得，重要的不在于它们是否完善，评价它的最重要、最可靠的标准是，它们是否来自于实践，实践中是否有效果，又是否为一定面积的同行乐于接受。我这样说，并不是企图否认理论的价值，恰恰相反，出版业还是很需要理论指导的。理论的升华曾经让我们登高望远，形而上的归纳和推演经常让我们心明眼亮。可是，生在改革开放的今天，我们已经见到过很有一些人士，谈国际经济眉飞色舞，谈市场规律头头是道，却解决不了太多的实际问题。就像唐代诗人李白在《嘲鲁儒》一诗中描绘的那样："鲁叟谈五经，白发死章句。问以经济策，茫如坠烟雾。"出版理论的归宿点不在于如何滔滔不绝，在于管用。当然，管用者还有用处大小之别。用较高的标准来衡量我的这本小书，其用处自然不大，也不一定为更广大时空的同行所乐于接受，甚而想到可能在别人看来基本上是扯淡。没有办法，差异总是普遍存在，不必有愤愤不平之意气。为此，我必须谨慎地表示，有些思维只是"我的"，乃是从我和同事们的实践中生发，倘有一点用处，工夫就算没有白费。

　　坦言是"我的"思维，还包含着我的一点追求，即努力形成自己的论说类文章的写作风格。还在 8 年前，应《出版广角》杂志之邀开始撰写"聂震宁断想"专栏文章，我就琢磨着要写得轻松活泼一点，思绪灵动一点，文体别致一点，语言丰富有趣一点，一句话，写得自由自在一点。后来，那一组文章得到了一些读者的好评，给了我很大的鼓舞。我一直以来认为古人说的"文似看山不喜平"是一句至理名言，并且愿意力行之。凡个人作文，力避千人一面与平铺直叙，见解、事实、写法、语言总要有些特点才好。当然，要做到这一点并不容易。南朝著名文论家陆机的《文赋》那篇谈写作心得的短序，有几句话最能说明作文者追求的痛苦："夫放言遣辞，良多变矣。妍蚩好恶，可得而言。每自属文，尤见其情。恒患意不称物，文不逮意，盖非知之难，能之难也。"古今文人的"能之难"，我更是不能幸免。写作风格的形成，本来就不易，论说类文章的写作风格的形成，由于自己先天才情不足，又有后天客观因素的制约，就更其难。所以，追求归追求，成功总是一个未能到达的彼岸。

　　经过了上述一番自白，我益发感到自己的心中充满了感激之情。首先应当感谢实践，感谢和我一起从事出版实践的同事们。我和大家一起演出过的一些激动人心的故事，那故事里包孕着的智慧与精神，极大地丰富了我原本比较苍白贫血的思维。还应当感谢学习。由于有了理论、专业以及出版经验交流在内全方位的不断学习，方使得自己从一个耽于想象的作家，渐渐蜕变成一个经营出版实务的出版人，逐步地从出版人的自在状态上升到自为状态。我经常想起北宋诗人黄庭坚那句比较刻薄比较厚重的名言："三日不读书，便觉语言乏味，面目可憎。"时时感到学习的不可或缺和紧迫。尤其重要的是，应当感谢时代，有了解放思想、实事求是、与时俱进的思想路线的指引，有了开拓创新、宽松和谐的时代氛围，才能够让我这个出版界的后学，敢于不揣简陋，奢谈思维、妄谈见解而无因言获罪之虞。这对希望真诚写作的人又是多么可贵啊！

最后，仍要感谢出版社。年出好书数百种，再加上我的一种小册子，在他们也许算不得什么，在我却是"文章千古事"，自当珍重的。还要感谢长辈师友。他们对我的写作时有瞩望，在他们也许只是轻轻一声发问，在我则是"一识韩荆州"的感动和"少壮真当努力"的激励，推动着我，在人生和事业的路上不敢懈怠，时有进取，进取所得，便是这个集子。

谢谢大家！

《我的出版思维》（聂震宁著），
河北教育出版社 2004 年 1 月出版。

跨过千年门槛之后

——《广西当代作家丛书·聂震宁卷》代后记

就这样，在太平洋群岛国家基里巴斯和汤加率人类之先跨过千年门槛之后，地球的每一个时点都相继开始了 2000 年记时。我们便生活在 21 世纪了。我们有非常的激动，我们有隐隐的不安，我们有较之以往强烈得多的奋发进取的欲望，还有一些不吐不快的话要说。

我最想对作家朋友们说：跨过千年门槛之后，我们依然要安心去写作，去创造，用电脑用笔都行。数字化也许将要取代许多门类的文字写作，但绝不能最终取代作为人们心灵体操的文学创作，而且文字的丰富意韵也不是电影、电视、音像、电脑、网络所能表达尽致的。仓颉造字而有鬼夜哭，岂有人类创造的现代化反使我人类放弃文字之理。当林黛玉称奇香为"群芳髓"，我们一时似有香沁心髓之感，又见骷髅之状的时候；当贾宝玉喝"千红一窟"茶，我们忽然想起"西山一哭鬼"的时候，你不觉得如此这般微妙文字，绝非它物所能吗？我坚信，便是到了 3000 年时，人类也少不了文学作品，IBM"更深的蓝"战胜得了象棋特级大师，却永远战胜不了真正的作家。

　　我也要对文学读者们说：跨过千年门槛之后，曾经是朋友的我们，依然是朋友，不管你是否下过不再买文学书的决心，文学将无所不至地纠缠你。也许你已经移情别恋，迷恋于影视，发烧于音像，只愿读图看画，颇似返老还童。可是，别忘了，你只享受了空间的艺术而错过了时间的美妙，你只看到了美的物体而错过理解世界内在外在一切微妙的机会，你将因简化鉴赏而弱化以文字为符号的思维能力。文学是一切艺术的艺术，文学是智者的艺术，文学必将与人类同在。绝不是吓唬你，完全与文学绝交，当心自己变傻了。

　　我是不是也要同文学出版同仁们说些什么？跨过千年门槛之后，我冀望大家少一点竞争，多一点交流合作，共建我们的文学家园。我绝不是撺掇大家拥挤在文学出版的小路上。数字化将给予人们商机无限，大家满可以想干什么就干什么去。真正的文学出版没有商机，这只是愚人的事业一件。

　　就这样，我们将在 21 世纪把这件愚人的事业进行下去。

2000 年 1 月

《广西当代作家丛书·聂震宁卷》（聂震宁著），
漓江出版社 2004 年 5 月出版。

《我们的出版文化观》自序

　　编辑出版"出版文化丛书"，是中国出版科学研究所 2007 年学术研究和出版的重点项目之一。丛书旨在研究古今中外出版文化现象，弘扬正确的出版文化观，建设中国特色的出版文化学。这一项目具有很强的针对性和现实意义。我相信，丛书的出版，会对我国出版业的健康发展产生好的影响。丛书编辑委员会邀约我把自己有关出版的演讲、访谈录汇编成集，收入丛书的个人文集系列。对于他们的抬爱，我心存感激。

　　我关于出版的演讲和访谈，整理成文稿发表的数量并不多。所以，凡搜寻得到文稿的，几乎悉数收入本书。这颇有点儿敝帚自珍的心态，也有点儿"以创作丰富自娱"的嫌疑。不过，对此我自有道理。

　　道理与文化现象和文化研究相关。

　　道理之一，文化首先是一种自在状态，拙著作为"出版文化丛书"之一种，应当尽量体现出文化的原生态。蔡元培先生认为"文化是人生发展的状况"（《何谓文化》），钱穆先生认为"文化只是人生，只是人类的生活"（《文化学大义》），贺麟先生也认为"文化就是经过人类精神陶铸过的自然"（《文化与人生》）。文化首先是人们物质与精神的客观存在。文化研究的基础是对文化客观状态的研究，然后才是对有价值的文化的弘扬和传承。既然编委会把我这些言论当作"出版文化丛书"的一部分，那么，也就是说，这些言论，无论是回顾出版实践，还是探讨出版规律，即便是研究出版文化，都可以看成是一个时期出版文化现象之一斑。这正应了一首诗歌所描绘的：你站在桥上看风景，看风景的人在楼上看你。我们在研究出版文化的同时，也将成为别人研究的对象。无论价值高低与否，所有与出版业相关的存在都是出版文化风景的一部分。我之关于出版的演讲和访谈，论题未必都从文化出发，结论也未必归纳出文化概念，而且必定有所参差，甚至有所抵牾，可这本小书还是难逃被人当作风景来看的命运。既然如此，也就坦荡些罢，尽量做到有文照收，让人把风景看得真切一些。

道理之二，文化研究是人们众多认识交流碰撞的过程，杂多的研究方法有利于认识的趋同和全面的观照。梁启超先生说："文化者，人类心能所开释出来之有价值的共业也。易言之，凡人类心能所开创，历代积累起来，有助于正德、利用、厚生之物质的和精神的一切共同的业绩，都叫做文化。"（《什么是文化》）英国人爱德华·泰勒在《原始文化》

一书中则指出文化"乃是包括知识、信仰、艺术、道德、法律、习俗和任何人作为一名社会成员而获得的能力和习惯在内的复杂整体"。研究出版文化，需要对出版业发展状况的全面观察，需要对出版活动的价值理念、道德规范、审美情趣和行为准则等种种情形的深入考察。这种观察和考察，既要有宏观视野，更要洞幽烛微，见微知著，微言而大义。我之关于出版文化研究的大小文章，虽然都是比较初步的尝试，不成熟在所难免，但小大由之，龙虫并雕，把收集面扩大一些，供人参考，对于促进研究和交流也许不无裨益。

道理之三，目的决定行为，行为反映目的。编选此书的目的，首先是把它当作出版文化现象之一种，供人们研究用，其次才是交流在出版文化研究方面的一些成果。这本小书是拿来让人了解，进而用来交流的，并不是（至少并不主要是）拿来供人学习的。既然没有好为人师的企图，也就没有为人师表的谋划，更无乔装打扮"秀"一把的意思。所以，在编选过程中，我比较地顺其自然，望专家和读者万勿见怪。

当然，对于出书，我从来不敢随意。就拿为本书确定书名这件事来说，就有一点周折。起首，我拟了一个书名是《出版与价值》。编委会一致认为有些生硬，其实我也觉得生硬，而且认为并不能概括书中内容。尽管价值问题是文化研究的主要内容，但并非其全部。后来又拟了一个书名：《一个出版人的出版文化观》。这书名似乎有点灵气，还有一点悬念，但稍嫌啰唆。再后来，听取了一位出版前辈的意见，赫然命名为《我的出版文化观》，理由是应当旗帜鲜明，还能与我的前一本小书《我的出版思维》形成呼应。我心下有些激动，于是采纳了这个书名。书名递交编委会议讨论，获得一致好评，认为大气而响亮，甚至有人认为将为丛书开一个好头。事情似乎就这样定了下来。然而，会后，我心下却有惴惴之感。我这个人做事的特点是，偶有灵感闪现，却不能立刻形成完整方案，往往是反三复四，否定之否定，才渐渐靠谱。倘若心下有惴惴之感，往往说明方案尚未周全，同志仍需努力。对于这个诸位专家一致叫好的书名，我心下却有这样的感觉，经验告诉我那就不能贸然出手。于是书稿迟迟不肯交付出版。别人并不知道是书名造成的坎坷。事情搁置下来，让诸位专家有些费解。

记得当初把我的第一本小书命名为《我的出版思维》，我就很费过一番踌躇，生怕招致物议。于是在书的自序里表白道："坦言为'我的'思维，是想说明，其中有许多是一己之念、一孔之见、一时之胜绩或憾事，谈不上一家之言，也不一定具有普适性、规律性和不可证伪性。"请看，多么小心。如此我还不够放心，接着又解释道："我只是想表示，我的所思所想是真诚的。观点是真诚认识到的，事例是真实发生过的，业绩和憾事是真确存在着的，感想发自内心，思维来自现实。"思维者，人的一种精神活动也，坦言"我的"似也无妨。而出版文化观，事情可就大了。观者，乃人的一种认识或理论也，这就要有所当心。一些理论要强调是"我的"，就需要问问，是否为个人独树的一帜，能否成一家之言。如此等等，是要经得起别人挑剔的。

可是毕竟诸位专家已经一致认为要称"我的出版文化观"才好，我也不想拂了大家的热情。于是，那次会后，斟酌拙著的书名一时便成了我有空就要做的功课。不说是辗转反侧，寤寐求之，却也说得上时有挂牵，时在寻觅。挂牵寻觅之间，某一日忽然就有了灵感：何不把"我"扩大为"我们"！文化本来就具有整体性特点，"是指集体的大群的人类生活"（钱穆语）。我的那些演讲和访谈，许多认识原本就是业内共识，不少观点原本就是众多出版同仁在传承与创新中形成，我所做的主要是一些归纳或演绎，至多也就是通过当前的实践有过一些升华或创新，并非个人独得之秘。拙著所讨论的出版文化观，乃是我所赞成和提倡的"我们的出版文化观"，总体上依然属于"我们"。于是书名《我们的出版文化观》就这么定了下来。这书名真让我欢喜。放言遣辞，竟能称物逮意，一时不亦快哉！我又一次经历了"吟安一个字，捻断数根须"的苦吟状态。

谈书名虽然不免有点儿得意忘形，可是，对书稿却断然不敢自鸣得意。所收文章几经权衡斟酌。一些文章的时间距离较大，觉今是而昨非的感觉时有发生，我还是大体保持原来的模样，所作的斟酌主要是原则和文法方面的问题。文章的排列组合则有好一阵子的翻三复四。因为是演讲和访谈，不免随意、感性一些，不免左右逢源，访谈者往往是全面设问，文章内容也就不免庞杂，分类就成了难事。还好，到底还是排列成了六辑，各辑都有主要内容，第一辑是出版概述，第二辑是出版产业建设，第三辑是出版企业管理，第四辑是出版物评析，第五辑是出版业与读者，第六辑是出版人才与培养。自然，这只是一个大体的分类，阅读时可以完全略过不计。选集还是以所选的文章为本，文章才是最主要的。我历来认为，文章千古事，得失天下知，而不是古人所说的只是"得失寸心知"。仅从一个书名的由来，相信诸位专家和读者就能注意到我对出版这项事业所葆有的敬畏之情和认真态度。敬惜字纸，敬重读者，敬畏历史，这是我们的出版文化观的基点。想必诸位专家、读者也是赞同的。我们坚信，从这个基点出发，中国当代出版人方可能在社会的大舞台上演出生动活泼、有声有色、有血有肉、风云际会、以人为本的活剧来。

是为自序。

《我们的出版文化观》（聂震宁著），
中国书籍出版社 2008 年 9 月出版。

《书林漫步》自序

本书是我在出版专业上的第三个专集。书中收入的文章主要分成二类，第一类是我关于编辑出版研究的随笔札记，第二类则是为一些书籍所写的前言与后记。在这些随笔札记里，我的身份主要是一个出版人。尽管早些时候是出版社总编辑，后来是社长，近些年则是出版集团公司总裁，注意力各有侧重，研究自然就各有专攻，但都是出版这个行当的有关方面。可在前言后记里，我则有时候是一个出版人，而在不少时候是一个作家，因为我曾经有过作家的经历和身份，常常以这样的身份接受邀请替别人的书作序。总而言之，所选文字都是关于书籍的事。我一直坚持认为，在编辑出版这个学科的研究上，一定不能脱离对出版物内容的研究。即便在研究出版体制改革、产业发展和经营管理的过程中，也不能脱离一定的出版内容。脱离了既定出版内容的编辑出版学研究，往往流于简单、粗疏、空洞，难免有无的放矢或隔靴搔痒之虞。这也就是当北京首都师范大学出版社竖起"书林守望丛书"大旗时，我愿意被招募于这杆旗下的主要原因。他们把编辑出版研究集中到书籍上来，把出版的精神比喻为守望书林，这是我所赞成的。一切书籍的出版，其主要价值无非或在社会效益，或在经济效益，或是二者的有机统一，然而，最终必归结为具体的书籍在一定历史时期的经济、政治、文化、社会以及专业学科上的价值和作用。书籍的价值和作用，有的功在当代，有的则利在千秋，当然最理想的结果是既功在当代又利在千秋。而这些良好愿望的实现，需要很多条件，需要推进出版业的改革发展，需要精益化出版业的经营管理，而最终还有赖于内容。内容产业必以内容为王，我是始终谨记的。

我在英国剑桥大学写作这篇自序。参加剑桥大学中国企业管理高级研修班学习，不曾想竟然还遇上一次与出版密切相关的经历。到剑桥的第二天下午，剑桥大学三一学院院长举行大型宴会欢迎中国企业管理高级研修班全体学员。那天来了不少教授和有关方面的人士，让我们感受到剑桥大学主人对中国企业家们的尊重和好意。宴会前主人安排中国学员们参观学院著名的雷恩图书馆。参观图书馆常常是国外大学的迎宾节目，也是作为一所高水准的大学最应该拿出来展示给客人的设施。一所大学的图书馆往往象征着教育资源的厚度，凝聚着历史积淀的深度，展现着学府的生机与活力。当时我感到亲切而激动，因为作为一个出版人，自然会把图书馆看成神圣的地方。而在欢迎一群企业家的活动中，在见面就谈金融危机且谈危机色变的当下，主人仍然热情地引领客人观赏他们有了 300 多年历史的图书馆，更让我感到亲切而激动。而我的同学们，一群著名大型国企的老总，可谓商务繁忙、戎马倥偬，却在那座古老的图书馆里无不兴趣盎然，无不盘桓赞叹，无不指点名著，就特别让我感到亲切而激动。可以说，为此我感到自豪，尽管那些书架上并没有我所出版的书籍，我是为自己所从事的出版业自豪。

我们在图书馆大厅里漫步。图书馆是 300 多年前一位叫雷恩的建筑大师所建造的巴洛克式建筑。大厅长 46 米，高 12 米，宽 12 米，全部馆藏共有 20 多万册图书，而核心部分则是 1820 年前出版的近 5.5 万册图书。图书馆内布置得气宇轩昂，两侧是高大的古色古香的书橱，每两个书橱之间是橡木制作的阅读台。主持参观的三一学院教授麦基特里克先生告诉我们，阅读台桌椅都是 300 年前制作的。书橱上方安放着一尊尊大理石人物胸像，其中有苏格拉底、西塞罗、莎士比亚这些人类文化名人，更有牛顿、培根、本特利等三一学院的著名校友。这所学院出的名人太多，迄今已经产生了 30 多位诺贝尔奖获得者，这里也就只能展出一些古典人物了。大厅中央摆放着一个人物的全身坐像，请教后得知竟然是大诗人拜伦。拜伦也是三一学院校友中的佼佼者。在通道两边还有一些玻璃罩着的陈列柜。一个陈列柜里展示着莎士比亚作品的早期版本，另一个陈列柜里则存放着牛顿使用过的书籍和手杖、怀表，还有一只小银盒里存放着一缕褐色的头发，教授告诉我们这是牛顿的头发。真是匪夷所思！面对着这一处处人类文化景观，参观的人群里不时发出啧啧赞叹。

而我在赞叹之余，更多地想到了书籍对于人类文化传承所具有的不可或缺的作用，又一次认真思考自己所从事的出版事业的核心价值，想起了美国罗斯福总统1942年在美国书商协会那著名的演讲，他说："我们都知道书可以燃烧，但我们更知道书不可能被火毁灭。人会死，书却永存。"面对永存的书籍，人们将感激写作它们的思想文化、科学教育大师们，也会感激出版它们的出版人。

《书林漫步》是我还在北京时所拟的几个书名中的一个。来到剑桥大学后，才把这书名定下。研修班课程安排得很满很紧，作为异国小住，三周时间不免让人觉得日子长了一些，于是黄昏漫步，三五同学结伴在剑桥校区的历史和风景里探寻，也就成了每天的功课。漫步时，我们忽而对周遭风景有所惊喜，忽而对远处目标有所向往，有时在一片花木、一口池塘边上捉摸，有时又朝着一个既定目标疾走，而更多的时候，我们会议论刚刚上过的课程，感慨那些著名跨国公司的董事长和首席执行官的心得，评点那些著名教授和政府要员的讲座，讨论我们的现实问题，三言两语，大都是心得感悟。我忽然想到，我的这部小书所收文章，大体也像紧张学习后的漫步吧，有探寻，有惊喜，有向往，有捉摸，有疾走，更有学习的心得感悟和讨论，所有这些都是在书林里漫步的收获。一如剑桥漫步，往往是在不经意间所做的功课。

现在把它们集合起来，既当作风景留念，更冀望就教于各位
前辈和同行。

　　是为自序。

2009 年 7 月 22 日清晨于剑桥大学穆勒中心

《书林漫步》(聂震宁著)，
首都师范大学出版社 2009 年 9 月出版。

《出版者说》自序

　　我为书刊作序，较少采取说明性的写法，常常在序言中有所展开，发表自己的感想、见解，显得颇有心得，颇有思想，又颇有情绪，有时甚至是颇有激情。我知道这是不大好的，因为显得不够内敛老道。但没有办法，也许这就是所谓的文如其人吧。人还没有修养到老道的地步，文章也就不会真正老道起来。或者，本来就是这样的本性，本性难移，也许一辈子就是这个样子。

　　但这样一来，倒也记录了我作为出版者若干对书刊出版的理解和随想。20余年积攒下来，竟然可以编成一本小书，也算是做出版这种"替人做嫁衣裳"工作的额外收获。

　　这回为自己的序跋集作序，就不再表心得、出思想、上情绪了。心得、思想、情绪在收入书中的序言里已有过多之嫌，添一份都属多余，让人读了厌烦。

　　这回自序，只做关于本书编选的说明。

　　收入本集的文章，分别编成5辑。分别说明如下：

第 1 辑以"为丛书作序"为题。辑中收选了一组丛书编选时对一些相关问题的思考。丛书是一个统称，其中包括文库、丛书、套书、系列书等。

第 2 辑以"为作者作序"为题。之所以称"为作者"而不称"为作品"作序，乃是这里的序都是应编著者邀约而作，否则我是不会去做这种有可能"佛头着粪"的事情的。因为是为作者作序，所以文中常常涉及人与人、人与事、人与文。因为序言总要与书的内容相关联，所以不免对书中内容说三道四。又因为人一旦说三道四就会生发开去，故这些文章不少是一有机会就生发开去，生发出与书的实际内容几无关系的随想与感言。因而读者诸君几乎把这些序言当作随笔、评论来读。

第 3 辑以"为报刊作序"为题。我为报刊撰写过一些刊首语，有的是为自己编辑的刊物所撰，更多的是应邀替别人主编的刊物所写。它们作为刊首语又确实摆在刊物的首要位置，把它们看成是报刊当期的序言并无不当。但它们更可以看作是编辑出版研究的随笔。

第 4 辑以"为新年作序"为题。此辑收入的文章都是历年的开年之际，应报刊之邀写下的随笔感言。这些文字与我所从事的编辑出版工作相关，有点儿像新年的序曲，表达的是对行业、对事业的一些感慨和展望。从事编辑出版工作 30 年，也只在 12 个年头开始之际写过感想。写这些东西，是有感而发，也有应景之作，应景之作中也在"顽强地表现自己”。读者从当中可以看到我作为一个出版者的点滴历程，曾经有过的激情与焦虑，努力与反省，还有真诚与肤浅。

第5辑是“为自己作序”，亦即自序。更是一些自说自话的文字。

收入各辑的文章按发表时间先后顺序排列。

书名拟定为“出版者说”，主要想表明，我作这些文章时的身份主要是出版人，书中大多数文字与编辑出版工作相关，有的干脆就是直接讨论编辑出版专业问题的，故称为“出版者说”。出版是我的专业，其他都是业余。可我又不甘心被当成一个出版商（尽管已经很像），一直要求自己对出版物的内容具有专业把握能力，对出版学专业有些理论研究成果，为此才有书里这些文字生成。

真心感谢生活·读书·新知三联书店各位同仁的好意。在我担任中国出版集团公司总裁期间，他们给了我许多理解和支持，在我卸掉总裁职务后，他们又主动提议出版我的这本小书。能够在这家被誉为“知识分子的精神家园”的著名出版机构出书，是我莫大的荣幸。

2011 年 6 月于北京民旺园

《出版者说》（聂震宁著），
生活·读书·新知三联书店 2013 年 11 月出版。

当前出版理论研究之研究①
——《洞察出版》自序

　　作者附记：人民出版社即将出版拙著《洞察出版——出版理论与实务论稿》。所谓"出版理论与实务论稿"，亦即表明此书系出版理论与实务研究中的文稿汇编，远非经过周延细致的学术研究业已完成的系统论述。但由于我的编辑出版生涯已有相当的年头，涉足出版实践的层面较多，因而本书所收选论稿也就涉及出版的较多方面，从而也就具有一定的系统性。

　　我之研究出版理论与实务及其相关问题，完全出于自己从 1981 年来所从事的编辑出版实践。在 30 余年来繁忙的编辑出版工作中，有所感悟，有所思考，有所探究，逐渐作成了一些文稿。这些文稿主要源自于实践，故而实践性是它们的主要特点，问题意识是激发写作的主要动力。正因为实践

---

　　① 原稿刊于《现代出版》杂志 2012 年 7 月刊。收入此书时有删节。

性和问题意识的存在，形式多样性是这些文稿的又一特点。文稿中有随笔，有序跋，有演讲，有访谈，有案例，有论文，大体上根据内容表达上的需要、写作审美上的冲动以及报刊发表的需要而定。是故，现在收入本书的文稿有的是论文，有的则是演讲记录文稿，有的还是访谈文体。之所以如此收选而又称之为论稿，一是因为这些文稿具有一定的理论性，二是出于理论写作在形式上从来也没有一定之规，我希望自己的所谓论稿在使人感到沉闷的时候，不时会有一些灵动的东西冒出来。尼采的大部分理论作品是用所谓"格言"文体写就，甚至包括诗歌、隐喻、戏仿等文学体裁都是他所惯常使用的文体和修辞面具，这丝毫不影响他作为一位理论超人的存在，恰恰相反，他所使用的这些文体和修辞，反而更好地体现了他的"一切写作之物，我只喜爱作者用自己的心血写成的"夫子自道。心血乃是作者之精神，尼采努力用格言体表现处于最高峰顶的精神。倘若要问我为什么要如此之多的演讲访谈文稿，我只能诚实地回答，我希望用这种更具现场感的文体表现出版理论与实务研究强烈的实践精神和论辩特点。

本书用自己的一篇文章《当前出版理论研究之研究》为代序，乃是试图就自己对出版理论研究的一些批评性看法来反省自己，考量一下自己在出版理论研究实践中是否言行一致。这篇文章指出的出版理论研究存在"不新、不实、不严"等问题，我也愿意就此书的出版接受各位方家和读者的对照检查并予以指正；文章还提出了改进出版理论研究工作的若干想法，我也愿意以此书作为自己的实际行动，做出应有的绵薄贡献。

本书收选文章除代序、代跋2篇外，计有50篇，分别编在六个部分里。六个部分是一个大致的归类，第一、二部分论稿分别是出版业宏观问题研究和微观问题研究，其余部分则分别是国际化问题、数字化问题、读者问题和人才问题研究。各部分内文章则按发表时间排序。

本书编选工作系由赵树旺博士一力承担，他在河北大学新闻传播学院繁重教务之余，全面搜集我的文章，分类编辑，细致订正，不辞辛劳，令人感动；人民出版社诸位领导对拙著的出版给予了高度重视，让我深受鼓舞；编辑室主任张振明先生和责任编辑朱云河先生为本书做了大量编辑工作，贡献了许多颇具价值的意见，在此一并表示衷心的感谢。

以《当前出版理论研究之研究》为题来讨论出版理论研究问题，我清晰地意识到，这个论题过于宏大，远非一篇短文可以包容得了。要讨论一个学科的研究状况，按照学术史研究的规范，通常需要包括该学科的文献整理研究、成果评价研究、学科状况研究以及学科趋势研究、相关性研究，等等。可事实上，也许是我孤陋寡闻，近十年来，我国出版理论研究如火如荼，形成前所未有的热潮，对于理论研究状况的研究却所见不多。无论学科研究态势怎样地如火如荼，只

书似故人来：聂震宁人文随笔（上）

能表明该学科的建设尚处于滥觞期。甚至可以形成反证，证明学科距离成熟还有长路要走。学科研究态势越是如火如荼，越发证明学术史研究建设的必要性和紧迫性。有鉴于此，面对这一如此宏大而复杂的学科建设任务，本文倘能起到提出问题、引起重视的作用，即为幸事。

一、近十年出版理论研究之盛况

持中而论，我国出版理论研究的盛况，早在 20 世纪 90 年代已经出现。只是近十年来，随着出版行业改革发展突飞猛进，出版理论研究遂蔚为壮观。其壮观之状，从以下若干标志性概况可以得见。

1. 研究论文数量激增

据初步统计，2010 年、2011 年发表在北大中文核心出版类期刊的论文数量分别为 4016 篇和 4254 篇，发表在 CSSCI 来源期刊的论文分别为 3621 篇和 3911 篇。较之于 2000 年，前者数量增长约 110%，后者数量增长率至少在 300% 以上。此外，没有被列入上述两类期刊的其他出版类期刊年度发表论文数量总计均在 2000 篇以上。上述数量显然属于不完全统计，尚有相当数量的出版论文发表在出版类报纸，以及出版类以外的各种报刊上。再有，每年均有一批出版学专著出版，有若干出版业重要研究项目报告产生，这些都是出版研究领域的重要成果。

· 196 ·

2. 成果发布渠道迅速拓宽

在目前我国中文期刊两大评价体系中，被列入北大中文核心期刊的出版类期刊为 12 种，列入 CSSCI 来源期刊的出版类期刊为 11 种。在北大中文核心期刊目录中，管理学类仅为 5 种，人才学类 1 种，军事类 9 种。相比较而言，出版类显然是数量较多的门类。而 2000 年，出版类期刊列入北大中文核心期刊目录的只有 7 种，列入 CSSCI 来源期刊目录的仅为 3 种。此外，全国性出版类报纸版面近十年大幅度增加，为研究成果发表提供了更为宽阔的渠道。除出版类报刊为出版理论研究提供平台渠道之外，尚有大量报刊媒体成为发表出版理论研究成果的园地。再有，在出版行业内，各种论坛、研讨会乃至国际论坛应运而生、接踵而至，成为许多出版研究成果发布和交流的重要平台。

3. 研究队伍迅速壮大

20 世纪 80 年代，我国编辑出版学研究正式起步，当时只有一家高校开办编辑出版专业，现已发展到 80 余所本科高校开设编辑出版专业。2010 年全国出版专业硕士教育指导委员会成立，堪称我国高等院校编辑出版专业教育发展的标志性大事。高等院校编辑出版专业的发展，为出版理论研究集聚了雄厚的专业科研力量，同时也不断培养、输送出版理论研究的新生力量。此外，出版理论研究发展的另一个标志性大事，是 2010 年中国出版科学研究所在庆祝 25 周年华诞之际，更名扩展为中国新闻出版研究院。走过 25 年历程的中国出版科学研究所，是我国出版理论研究的标志性机构，其更名扩展之举体现了出版理论研究格局的更大拓展。再有，若干重要出版发行产业集团建立战略研究部门，组织开展行业理论研究，一批企业领军人物、出版专家进入高校和科研院所参与产学研结合和教学活动，无疑为出版理论研究提供了坚实的行业基础。

4. 研究质量不断提高

研究质量提高的主要标志是中华优秀出版物奖出版科研论文奖的设立。在国家调整规范行业评奖时，能够把原有的编辑出版科研论文奖保留下来并纳入中华优秀出版物奖，使之成为国家级三大奖之一，其本身表明出版理论研究的整体状况得到各方认可，近两届分别有 59 篇和 60 篇论文获得此项大奖。作为我国综合类刊中之刊的《新华文摘》，转载出版理论文章的数量相对稳定，篇幅时有增加，影响力不断提升，表明出版理论研究的代表性作品一直能保持在较高的水平线上。

5. 研究政策不断完善

国家主管行政部门关于出版理论研究的政策，一是在人员，二是在项目，三是在经费。在对待研究人员的待遇上，能把出版科研人员的职称评审纳入编辑出版序列，就是一项重要举措。在研究项目方面，国家社科基金对出版类科研项目给予超过以往的重视；新闻出版总署加大力度吸纳和招标重大出版科研项目，而且正在以从未有过的规模开展工作。国家经费为出版理论研究也做了充足的准备，不时会对优质项目的匮乏表示不满。

二、近十年出版理论研究之不足

显而易见，上述当前出版理论研究之盛况，主要表现在数量规模和外在条件的支持方面。理论研究的成就从来就不主要在量，尽管数量是质量的基础。理论研究的价值主要在于研究成果的质量，在于一系列新的观察发现和更深的思考总结上，还在于有利于指导、帮助新的研究和实践上。

近十年来，业内外人士对出版理论研究一面肯定有大的进展，一面发出不满和批评的声音。归纳起来，来自于行业人士的批评，大体为：一是不新，二是不实，三是不严。

所谓不新，无非是问题不新，见解不新，方法不新，结论不新。前不久看到一位科学家批评一个时期以来的科学技术研究工作，认为不是假的东西太多，而是原创性的发现太少。此话拿来批评出版理论研究，一点都不为过。不说常有千人一面，也是千人一题、千文一说的现象，并非危言耸听。因循守旧已令人生厌，照抄照搬更令人恶心。故而，一年中数以万计的出版论文，真正有一点创见和新意的论文实在是凤毛麟角，以至于我请几位业内好友举证上一年度有创见、有影响力的论文，竟成讨论上的坎坷。

所谓不实，无非是指理论文章不实在、不实用、不实际。无实事求是之心，有为文造情之意。从概念到概念，以诠释重大理念为名，行的是为文而文之实。论题并非来自实践，更没有打算服务实践，凌空蹈虚，假大空严重。

所谓不严，无非指不严谨、不严格、不严肃。研究工作和论文写作不严谨，举证不准确，学术不规范，结论过于随意。论文发表审稿不够严格，论文评价机制也不够严格。但得文章发表，并无坊间人士评说，大体是此亦一是非，彼亦一是非，你好我好大家好，唯独文章不怎么好。

还有来自于高校专业人士的批评意见，归纳起来，一是陈旧，理论体例陈旧，内容观点陈旧；二是混乱，缺乏严谨性、科学性；三是学术不规范，抄袭仿作严重；四是两头不靠，理论性不足，操作性也不足。总之，与行业人士的意见基本一致。

上述种种不足与流弊，说到底，还是整个出版理论研究的学科规范和基础建设问题，需要从学科规范和基础建设上来进行讨论。窃以为，深层次的问题主要是：

1. 尚未开展有规模的学科发展史研究

迄今为止，出版理论研究尚缺少一部比较权威、系统、完整的出版学科发展史或出版研究发展史。学科常规性观点、概念还有待学科经典著作来予以确定，而不能总是处于讨论中。由此可以看出，出版理论研究学科的研究基础尚未完全确立。

2. 尚未开展有规模的学科文献整理与研究

迄今为止，出版理论研究尚缺少一整套比较客观、独立、精细的文献整理与研究机制。文献整理与研究是学术成果评价体系的重要基础。在这项基础性工作机制尚未建立和完善之前，出版理论研究学科的评价体系建立和完善也就尚需等待时日。

3. 尚未与出版业实践形成科学互助的关系

活生生的专业实践从来就是专业学科发展的活力与动力。同时，活生生的专业理论研究还应当具有系统性和内在逻辑性。出版理论研究应当既具有实践性，又具有客观性，由此形成一种科学互助的关系。目前出版理论研究与出版实践尚未建立良好的沟通合作机制，出版理论研究脱离实践的现象一直被业内人士所诟病。反过来想，出版理论研究缺乏客观性、独立性，难道不也一样需要反思吗？

4. 尚未建立理论研究中的系统性案例研究

出版业内人士对编辑出版案例有着天然强烈的兴趣，发端自哈佛商学院的案例教学，其魅力一直为世人推崇。目前我们所能见到的出版业案例通常来自于实操者的写作，这本应当是实用型学科研究者的活计。案例写作不仅需要实录，还需要理论、理念的点化，更需要形成精细、专业、成体系的案例分析，这正是出版理论研究的任务之一，目前理论专业人士对此作为甚少，更没有形成系统性研究。

5. 尚未形成思想哲学层面的深入研究和讨论

缺少思想深度和哲学高度的理论往往流于庸俗和教条，而庸俗和教条的理论将难以自证。出版理论研究目前在思想研究、哲学研究、人文精神研究、科学精神研究等方面尚着力不多，成果很少，阻碍了理论研究的深化和学科格局的提升。关于这一点，我们只要去看看新时期以来我国经济学、政治学、历史学、社会学、文学、文化学等领域研究的状况，看看这些领域的专家使用了多少思想的武器和理论的工具，曾经达到怎样的思想深度和哲学高度，就能清晰地意识到出版理论研究存在的差距。

三、出版理论研究改进与发展对策构想

前面回顾总结近十年来出版理论取得的成绩和存在的不足，正是基于这样的想法和态度去做的。回顾总结的目的是把出版理论研究做得更好。接下来就来讨论如何做得更好的问题。

1. 出版理论研究需要更加自觉地接受正确思想的指导

中国特色的出版理论研究，应当更加自觉地以中国特色社会主义理论体系为指导，更加自觉地从以马克思主义为代表的人类先进思想的宝库中获取各种思想理论工具，更加自觉地继承优秀的传统研究精神和运用创新的科学研究方法。缺少正确思想指导，缺乏科学理论工具的理论研究，往往成为概念的重复演绎和教条的枯燥说教，抑或成为既无价值理性又无工具理性、既无人文精神又无科学精神的形而下的生意经，至多也只是一些正确观点的浅层诠释。理论研究当

然包括诠释性研究。然而，包括诠释性研究在内的一切理论研究，都应当是思想逻辑和实践逻辑推演的过程。这一过程的主要动力一是实践二是思想，是思想烛照下的实践，是实践检验后的思想。二者都是理论研究中最活跃的因素，从世界观和方法论的角度看，思想因素在理论研究中则要更为活跃，更具推动力和引领力。出版理论研究倘能更加自觉地强化思想因素、哲学方法、理论色彩，相信会有更大发展和更高提升。

2. 出版理论研究需要更加强化问题意识

问题意识通常是理论研究的起点。特别是出版理论研究这一类实用型学科，更应当高度强调问题意识，这是研究工作赖以安身立命的出发点和归宿。深得清末民初大学者梁启超肯定的清代颜李学派，其掌门人颜习斋曾经这样强调问题意识，他说："必有事焉，学之要也。心有事则存，身有事则修，家之齐，国之治，皆有事也。无事则治与道皆废。"马克思更是在《集权问题》一文中直接强调理论研究中的问题意识，他说："一个时代的迫切问题，有着和任何在内容上有根据的因而也是合理的问题共同的命运：主要的困难不是答案，而是问题。因此，真正的批判要分析的不是答案，而是问题。"他指出："问题是时代的格言，是表现时代自己内心状态的最实际的呼声。"出版业近十年来演出了多少令人目不暇接的改革创新活剧，产生了多少需要研究廓清而又不一定说得清楚的问题，催生了更加丰富多样甚至不无悖论的专业理论课题，从这个意义上看，可以说当下正是出版理论研究的黄金期。研究者们倘若勇于强化问题意识，敏于发现现实中的问题，那么，出版理论研究很有可能形成百花齐放、百家争鸣而又务实有效的生动局面。

3. 出版理论研究需要更加主动开展跨学科研究

出版业虽然是较小的行业，但是在许多方面，却与许多学科相关联。单拿出版内容来说，出版涉及的内容可谓古今中外无所不包，上天入地无所不能。各种内容的出版必然有自身特殊的规律和法则。出版活动的历史、现实、经济、政治、文化、社会和专业等方面的意义更是不一而足。出版业在改革发展进程中所遇到的许多问题，也不是过去那些传统出版理念所能解决的。至于出版业的本体性、目的性研究，更是一个复杂的形而上的问题。总之，出版理论研究的对象就像一个多层面而又不断旋转的立方体，需要进行综合性研究才可能接近于把握住这个对象的全部。为此，需要对出版理论进行跨学科研究。跨学科研究是当前学术研究的一大趋势。出版理论研究应当顺应这一趋势，主动借助其他专门学科的工具、知识和成果，积极吸引其他学科人才进入出版理论研究领域，丰富研究手段，壮大研究力量，提高研究质量。

4. 出版理论研究需要尽快建立学科范式

自从美国科学哲学学者托马斯·库恩提出了学科范式理论，范式的建立就成为学科建设的基础性要求。所谓范式，简言之，即指学科已有的获得公认的研究成就，而且这些成就既可以成为后来研究的合理起点，又足以无限制地为后来的研究者留下有待解决的问题。自然科学的学科范式存在于常规的科学知识和结论中，社会科学的学科范式则通常体现在它的经典著作和教科书里。我们可以借鉴库恩的这一理论，加强出版理论研究学科史研究，开展学科文献整理，对于出版理论经典作家和经典著作予以充分肯定，对于历史上、改革开放以来的出版研究成果，特别是近十年出版理论研究和实践的成果，做出科学的界定，解决一些尚未解决的理论问题，由此而形成出版学科的范式。建立学科范式，可以减少一些低层次常规问题的重复研究，为学科提供学术规范，为创新研究提供更高的起点。

5. 出版理论研究需要加强人才队伍建设

我们欣喜地看到，一个时期以来，逐渐有一些其他学科的中坚人物间或进入出版理论研究领域，发出他们清新而智慧的声音，让我们受到激励和鼓舞。出版理论研究需要进一步壮大研究人才队伍，这是不言而喻的要求。现在可以在现有的人才队伍基础上，吸引其他学科更多高端人才进入，吸收更多高校优秀毕业生加入，邀约更多业内领军人物和专家参与，同时应当进一步发挥老一辈专家的作用，由此形成一支多层次多学科结构的研究队伍。同时，对于优秀研究专家和优秀研究专著，完全可以像推介作家和作品那样进行各种形式的推介。在我的印象中，似乎这样的推介活动一直较少见到，远不如文学界和其他学界活跃。这究竟出于怎样一种心理和价值取向，我们不得而知。研究者本人可以对自己和自己的研究成果保持应有的谦虚谨慎，但研究界作为一个整体则不能太过矜持乃至自我矮化。作为一项具有重要价值的工作，宣传推介其优秀人物及其成果是正当的，是题中应有之义。反之，不这么做，既不利于出版理论研究的持续发展和影响力的提升，也不符合出版经营的基本原理和应有精神，最终是不利于出版业更好更快地发展。

《洞察出版》（聂震宁著），
人民出版社 2014 年 12 月出版。